Karin Baron

Hausbootsommer

Karin Baron

Hausbootsommer

mit Illustrationen von
Claudia Weikert

HERDER

FREIBURG · BASEL · WIEN

Für Oma Irmchen und Opa Ludwig,
meine Eltern, die nun im hohen Alter
noch einmal anfangen müssen,
Kinderbücher zu lesen.

Inhaltsverzeichnis

Sternchensuppe ... *7*

Paul ... *18*

Das Baumhaus ... *27*

Die Bauwagenfrau ... *37*

Noch ein Schreck ... *45*

Besuch bei Pauls Mutter ... *55*

Richtfest ... *64*

Regentage ... *73*

Ausflug mit Opa ... *84*

Das Bild ... *92*

Das Zimmer ... *100*

Brett vorm Kopf ... *112*

Der Schlüssel ... *120*

Stella und Nils ... *128*

Besuch für Yane ... *136*

Ein ungebetener Gast *144*

Wieder zu Hause *152*

Opa Lollos Geheimnis *160*

Auf Grund *168*

Lala *177*

Auf Kollisionskurs *185*

Shaoh-Ping-Yang *195*

Wieder an Bord *203*

Pauls Geburtstagsgeschenk *214*

Stella Maris *226*

Seefahrerwortschatz *234*

Sternchensuppe

„Yane, wo steckst du schon wieder? Essen ist fertig.“ Opa Lollo stand auf dem Vordeck der Sankt Pauli und läutete ungeduldig die Schiffsglocke. „Gibt Sternchensuppe.“

„Sternchensuppe!“ Geräuschvoll zog Yane die Nase hoch. So pflegte Opa Lollo die undefinierbare Flüssigkeit zu nennen, in der er die Fischreste vom Vortag recycelte, kombiniert mit Petersilie, einer faden Karotte und einer Ladung Nudeln in Sternform, unter denen er den Fisch von gestern vor Yane zu verbergen hoffte. Sternchen klang so unverfänglich. Yane hatte den Eindruck, dass Opa Lollo immer dann die Sterne bemühte, wenn er etwas Unangenehmes vor ihr verschleiern wollte. Nicht nur so harmlose Sachen wie Fischsuppe. Oder den Umstand, dass es Zeit war, in ihre Koje zu gehen, was ihm zum Glück fast nie vor zehn Uhr abends einfiel. „Sternchenzeit“, sagte er dann erschrocken, weil er schon wieder die Zeit vergrübelt hatte in seinem zerschlissenen braunen Ledersessel im Salon oder draußen auf dem grünen Plüschsofa ohne Beine, das an vier dicken Eisenketten auf dem Vordeck des geräumigen Wohnschiffes hing.

Es gab Tage, da war Yane allergisch gegen Sternchen. Gegen die in der Suppe und die am Himmel. Vor allem gegen die am Himmel. Fast die komplette Familie von Yane bestand nämlich aus „Sternchen" und wohnte unerreichbar weit weg dort oben. Das jedenfalls behauptete Opa Lollo. „Haben sich alle aus dem Staub gemacht. Bis auf mich", polterte er gelegentlich, wenn er besonders ungnädig gestimmt war.

Opa Lollo war der Einzige aus ihrer Familie, den Yane näher kannte. Genau genommen war er der Einzige, den sie überhaupt kannte, wobei das Wort „kennen" die Sache auch nicht richtig traf. Opa redete eigentlich nur, wenn es sich nicht vermeiden ließ. Ein Wunder, dass Yane unter diesen Umständen überhaupt sprechen gelernt hatte, nachdem alle übrigen Schiffsbewohner sich in entlegene Himmelskörper verwandelt hatten. Ihm selbst fehle für den Himmel die Zeit, sagte Opa Lollo. Das liege daran, dass sich ja irgendwer um sie kümmern müsse. Schließlich könne sie nicht gut mit Gertrud und Ole alleine auf einem Schiff leben.

Da hatte Opa Lollo ausnahmsweise recht. Zwar war er nicht viel gesprächiger als diese beiden, aber so ganz alleine an Bord der Sankt Pauli zu wohnen, mit nicht mehr als einer einäugigen Katze und einer schwarzgrauen Kanalratte aus Hartgummi zur Gesellschaft, konnte Yane sich doch nicht vorstellen. Auch wenn sie nicht mehr zur See fuhren oder auch nur den Fluss entlang. Seit Yane denken konnte, lag die Sankt Pauli fest vertäut an der Elbe, ungefähr 60 Kilometer von deren Mündung in die Nordsee entfernt. Dort hatte Opa Lollo nach fast vier Jahrzehnten auf See, in denen er die Nordseeküste von Cuxhaven bis Rotterdam in Holland und Le Havre in Nordfrankreich mit einem kleinen Frachtschiff auf- und abgeschippert war, für immer festgemacht. Zusammen mit seiner Frau und seiner Tochter, die Yanes Mutter war. Die See kannte Yane nur aus Opa Lollos Erzählungen und von den vergilbten Schwarzweiß-Fotos, mit denen Opa Lollo die Schiffswände tapeziert hatte. Ihre Mutter und ihre Großmutter kannte sie noch nicht mal von Fotos, geschweige denn aus Erzählungen. Opa Lollo sprach nicht über sie. Und sie selbst war damals zu klein gewesen, um sich erinnern zu können. Nur so ein merkwürdiges Gefühl blitzte manchmal in ihr auf. Aber sie bekam es nie richtig zu fassen, so sehr sie sich auch anstrengte.

Seit Yane denken konnte, wohnte Ole mit an Bord. Ole war so groß wie einer von Opa Lollos Zehn-Liter-Benzinkanistern und von der gleichen dunkelgrauen Farbe. Mit listig grün glitzernden Augen stand er auf seinen Hinterbeinen an der metallenen Tür zum Salon, wie Opa Lollo ihr schäbiges Wohnzimmer großspurig zu nennen pflegte. Dort sollte er seiner lebendigen Rattenverwandtschaft als abschreckendes Beispiel dienen, damit sie sich gar nicht erst an Bord wagte. Oles abschreckende Wirkung bestand in Opa Lollos Augen darin, dass er als Hutständer herhalten musste. Denn meistens hatte Ole wenigstens eine von Opa Lollos schwarzen Baskenmützen schief auf dem Ohr oder über den Augen hängen. Das sind die, die rund sind wie eine Herdplatte und in der Mitte diesen kleinen Stöpsel haben. Zum Wegschmeißen, wie Opa immer sagte. Für gewöhnlich allerdings fasste er sie nicht am Stöpsel an, sondern am Rand, um sie dem armen Ole wie eine Frisbeescheibe um die Ohren zu schleudern. Ole sah damit verwegen aus wie ein Pirat. Doch manchmal kam es Yane vor, als zucke er vor Schreck zusammen, wenn scheinbar aus dem Nichts eine von Opa Lollos schwarzen Kopfbedeckungen angesegelt kam.

Unterstützt wurde Ole bei der Verteidigung des Schiffes gegen Ratten von Gertrud, der mageren einäugigen Katze, die ihnen eines Tages zugelaufen war und sich seither bei ihnen satt fraß, sich aber noch nicht ein einziges Mal hatte streicheln lassen. Ihren Job als Rattenschreck nahm sie ebenso wenig ernst wie Ole. Wenn sie einem seiner Artgenossen begegnete, plusterte sie sich halbherzig ein bisschen auf und ging ihm mit verächtlichem Blick aus dem Weg.

Als sie klein gewesen war, nicht viel größer als Ole, hatte Yane sich vor ihm gefürchtet. Ole schien einem immer direkt in die Augen zu blicken, egal von wo man guckte. Manchmal hatte sie sogar das Gefühl gehabt, er könne durch Wände sehen. Inzwischen war Yane zehn und fast dreimal so groß wie er. Vermutlich fürchtete Ole sich jetzt vor ihr, wenn sie auf die Sankt Pauli gestürmt kam. „Nicht so wild, wir sinken", raunzte Opa jedes Mal, wenn sie mit einem Sprung die letzten vier Stufen der schmalen Treppe zum Salon nahm und nicht selten mit einem Fuß auf Oles schuppigem Gummischwanz landete. Aber sie waren noch nie gesunken. Noch nicht einmal zum Schaukeln konnte Yane die Sankt Pauli bringen mit den zarten dreiunddreißig Kilo, die sie wog.

Das Stück Land, vor dem die Sankt Pauli ihre alten Tage verdümpelte, lag am Rand eines Dorfes und war eine Pferdeweide. Nur wohnte kein Pferd darauf, sondern Chocolat, der dritte Vierbeiner aus Yanes Familie. Chocolat war ein Esel und hatte Yanes Mutter gehört. Seit seine Frau Caramelle vor drei Jahren vom Blitz getroffen worden und auf diese Weise auch zum Sternchen geworden war, lebte er alleine auf der Weide. Yane hatte versucht, Opa Lollo zu einer neuen Frau für Chocolat zu überreden. Esel lebten nicht gern allein. Das hatte sie in einem Buch gelesen. Aber Opa Lollo wollte keinen neuen Esel kaufen. Ein Esel in der Familie sei genug, meinte er, und er selbst lebe schließlich auch alleine, ohne Frau. „Wir brauchen nicht von jeder Sorte zwei“, hatte er geraunzt. „Wir sind hier schließlich nicht auf der Arche Noah!“

„Nein, wir sind hier auf der ‚Arche Lollo‘“, hatte Yane gedacht. „Da gibt’s von jeder Sorte nur ein einsames Exemplar: eine Gummiratte – eine Katze mit einem Auge – einen Esel – einen Opa und ein einziges Kind. Super! – Aber du hast wenigstens mich“, hatte sie laut gesagt.

„Hm“, hatte Opa Lollo brummig erwidert. Yane hatte geschluckt und war nach draußen in den Regen zu Chocolat gerannt.

Eigentlich war Yanes Art zu wohnen paradiesisch und ein paar Kinder aus ihrer Klasse hätten gern mit ihr getauscht. Aber nur, weil sie nicht wussten, wie es sich wirklich anfühlte. Yane fand es nur selten paradiesisch, mit einem wortkargen kauzigen Großvater auf einem alten Kahn zu leben, an dem der Rost fraß. Mit einem vereinsamten Esel, einer einäugigen Katze und einer dubiosen Gummiratte als Familie statt Eltern.

Von ihren Eltern wusste Yane so gut wie nichts. Nur dass sie ihren seltsamen Namen von ihrem Vater hatte. Es war ein bretonischer Name und man sprach ihn „Jan“ aus. Sie fand, dann hätte man das auch gleich so schreiben können. Sie war es leid, jedes Mal erklären zu müssen, dass sie ein Mädchen war und kein Junge. Mit ihren kurzen blonden Strubbelhaaren, die Opa

Lollo ihr höchstpersönlich zu schneiden pflegte, sah sie nämlich meistens aus wie einer.

Die Bretagne liegt im nordwestlichsten Zipfel von Frankreich, und von dort kam ihr Papa, hatte Opa Lollo gesagt. In einem der seltenen Augenblicke, in denen er einmal mehr als zwei zusammenhängende Sätze von sich gab. Und dass ihr Papa jetzt vom Himmel aus auf sie aufpasse. Yane fragte sich, wie ihr Papa das machen wollte, wenn er so weit weg war. Schließlich konnte er sie kaum sehen. Von da oben war sie garantiert nicht größer als eine Staubmilbe. Außerdem hatte er es ja nicht einmal geschafft, auf sich selbst aufzupassen, als er noch bei ihnen war.

Er war mit seinem Motorrad verunglückt. Auf einer regennassen Deichstraße war das Motorrad in einer scharfen Kurve weggerutscht. Papa war gegen eine Grauerle geprallt, die genau an der falschen Stelle stand, und war sofort tot. Er hatte keinen Helm aufgehabt.

Seinem Motorrad war nichts passiert. Nur der rechte Rückspiegel war abgebrochen. Es stand unter einer grünen Plane in Chocolats Bretterverschlag am hinteren Ende der Weide. Manchmal, wenn Opa Lollo mit etwas anderem beschäftigt war, schlug Yane vorsichtig die Plane zurück, setzte sich auf Papas Motorrad und brauste in Gedanken über die Landstraßen bis hinauf in die Bretagne.

„Ein wilder Bursche war er, dein Papa Jacques“, hatte Opa gesagt und eine seltsame Mischung aus Trauer und Anerkennung hatte in seiner Stimme gelegen. Mehr hatte er ihr nicht erzählt von ihrem Vater.

Jacques. Das schrieb man genauso komisch wie Yane. Ausgesprochen hörte es sich an wie „Schack“. Ein Bild von Jacques hing hinter Glas über dem braunen Cordsofa im Salon. Seine langen braunen Haare flatterten im Wind über dem dicken Kragen seines Rollkragenpullovers, seine Augen lachten und er sah verwegen aus mit seinem Seeräuberschnurrbart und der Zigarette im Mundwinkel. Wie mitten aus dem Leben geschnitten. Yane hätte am liebsten eine Schere genommen und ihren Papa wieder ins Leben geschnitten. In ihr eigenes.

Auch der Rest von Yanes Familie bewachte sie vom Himmel aus rund um die Uhr. „Als ob sie den ganzen Tag über nichts Besseres zu tun hätten, als sich dort oben die Beine in den Bauch zu stehen und womöglich vor Langeweile einzuschlafen“, dachte Yane. Denn aufregend konnte man ihr Leben nun wirklich nicht nennen.

Yanes Mutter war ihrem Papa gefolgt, als Yane zweieinhalb Jahre alt war. Warum, konnte Yane überhaupt nicht verstehen. Es hätte ja wirklich gereicht, wenn einer der beiden von oben aufpassen würde. Hier zu Hause hätte sie Mama jedenfalls viel besser gebrauchen können. Opa übrigens auch. Schließlich war ihre Mama sein einziges Kind. Aber vielleicht brauchte Papa ja sogar im Himmel jemanden, der auf ihn acht gab.

Von Yanes Mutter hing kein Foto an der schmuddeligen in Schwedisch-Rot gestrichenen Raufasertapete über dem Sofa. Weder da noch sonst irgendwo auf der Sankt Pauli. „Alles verloren gegangen", sagte Opa immer, wenn Yane danach fragte. Yane hatte ihre Mutter noch nie gesehen. Nur, als sie ganz klein gewesen war, aber daran konnte sie sich nicht mehr erinnern. Manchmal stand sie in ihrem Zimmer vor dem Spiegel und versuchte, ein Stück von ihr in ihrem eigenen Gesicht zu erkennen. Aber das funktionierte nie. Yane wusste nicht, wonach sie suchen sollte. Der einzige Anhaltspunkt waren ihre Haare. Da Papas Haare braun gewesen waren und ihre eigenen blond, war Mama wohl auch eher blond gewesen. Ihre dunklen Augen dagegen hatte sie sehr wahrscheinlich von Jacques.

Zu allem Überfluss hatte sich ein Jahr danach auch noch Oma Fritzi für immer verabschiedet. „Ganz plötzlich, aus heiterem Himmel", sagte Opa Lollo immer und schüttelte den Kopf dazu, als könne er das alles bis heute nicht glauben. Seit damals jedenfalls lebte er allein mit Yane auf der Sankt Pauli. „Ich bin Mama und Papa und Oma und Opa auf einmal geworden", seufzte er manchmal, wenn er an warmen Sommerabenden mit ihr draußen auf dem grünen Schaukelsofa saß und die Sterne betrachtete. „Dabei hätte mir Opa vollkommen genügt.“ Yane fand auch, das war ein bisschen viel für ihn. Und, ehrlich gesagt, reichte das Wenige, das er sprach, noch nicht einmal für einen Opa.

Aber zum Glück gab es seit Kurzem Paul in ihrem Leben. Paul mit den zauseligen braunen Locken und dem Grübchen im Kinn, der neu war in ihrer Klasse und sich als Einziger zu ihr und ihrem schrulligen Großvater aufs Schiff traute. Mit Sternchen statt Eltern kannte Paul sich aus. Er hatte auch eins in der Familie und lebte allein mit seinem Papa, der am Elbufer ein Restaurant betrieb, auf der anderen Seite des Dorfes. Wie fast jeden Tag seit sechs Wochen hatte Paul versprochen, nach dem Essen vorbeizukommen. Der hatte es gut. Sein Papa konnte richtig lecker kochen. „Sternchensuppe“ gab es bei ihm garantiert nicht, und gesprächiger als ihr Opa war sein Papa auch.

Seufzend entknotete Yane ihre Beine und wappnete sich innerlich für Opa Lollos Leckerbissen. Sie saß an ihrem Lieblingsplatz auf dem viereckigen hölzernen Duckdalben zwischen dem Weidengestrüpp am Ufer. Vom Schiff aus war sie nicht zu sehen. Opa Lollo mochte es nicht, wenn sie dort saß. „Wie deine Mutter“, pflegte er zu sagen. „Die hat auch immer da oben gesessen – wie eine gestrandete Meerjungfrau.“

Es war Ebbe. Vorsichtig, um auf der braungrauen Matsche, die die steinerne Uferbefestigung wie eine Haut aus Vollmilchschokolade überzog, nicht auszurutschen, ließ Yane sich an ihrem Duckdalben herab und kletterte die Uferböschung hinauf. Durch das struppige Gras lief sie über Chocolats Weide zur Sankt Pauli und zu Opa Lollos Sternchensuppe.

Paul

„So wird das aber nichts mit dem Wachsen“, sagte Opa Lollo und die beiden steilen Falten zwischen seinen Nasenflügeln und den Mundwinkeln vertieften sich noch. Kritisch beäugte er Yane, wie sie lustlos in ihrer Suppe herumlöffelte, vorsichtig darauf bedacht, nur die Sterne herauszuangeln. Die zerkochten Fischteile ließ sie schwimmen, bis sie in einer Suppenpfütze auf Grund liefen. „Dabei ist Seefisch gesund für Kinder.“

„Aber bestimmt nicht, wenn man eine Überdosis davon abbekommt“, maulte Yane. „Wir hatten doch erst gestern welchen. Außerdem will ich gar nicht so groß werden wie du.“ Die beiden saßen unter der verblichenen grünweiß gestreiften Markise auf dem Vorschiff der Sankt Pauli. Yane konnte Opa Lollos beginnende Glatze sehen, wenn er sich nach vorn beugte, um seine Suppe zu löffeln. Trotz des blauen Himmels und des herrlich warmen Sommerwetters war die Stimmung eher lau.

„Du tust gerade so, als wollte ich dich vergiften.“ Unwirsch nahm Opa Lollo Yanes Teller und kippte den verschmähten Fisch über Bord, wo er Richtung Cuxhaven davondümpelte. Katze Gertrud warf einen desinteressierten einäugigen Blick hinterher, während Yane erleichtert ihren hölzernen Klappstuhl zurückschob.

„Ich mach den Abwasch", sagte sie versöhnlich und begann das übrige Geschirr zusammenzuräumen. Abwaschen war immer noch besser als Hausaufgaben machen. Außerdem konnte man dabei gut vor sich hinträumen. Von den Sommerferien zum Beispiel, die in zehn Tagen beginnen würden. Vom Zeugnis träumte sie lieber nicht. Das war eher ein Albtraum. Aber dafür von den Plänen, die sie zusammen mit Paul geschmiedet hatte. Er würde genauso wenig in Urlaub fahren wie sie. Die Sommermonate waren die einträglichsten für das Restaurant seines Vaters, da konnten sie nicht weg. Und Opa Lollo hielt Urlaub sowieso für ausgemachten Unsinn.

„Mir gefällt es da, wo ich bin", sagte er. „Überall sonst ist es viel zu voll. Ich mag es nicht, wenn mir fremde Leute auf der Pelle sitzen."

Yane hätte gern Urlaub gemacht. Nur mal so, um zu wissen, wie sich das anfühlte, wovon alle aus ihrer Klasse immerzu redeten. Sogar die Lehrer. Dass ein Urlaub ausgerechnet mit Opa Lollo besonders lustig werden würde, bezweifelte sie allerdings. Ob er nun zu Hause nichts redete oder anderswo, war eigentlich egal. Da konnten sie wirklich ebenso gut auf der Sankt Pauli bleiben. Und sonst kannte sie niemanden, mit oder zu dem sie hätte in die Ferien fahren können.

Nur Paul. Und der blieb eben auch zu Hause. Zum Glück. Mit Paul machte außer Schule alles Spaß. Auch wenn man gar nichts tat, sondern nur am Ufer saß und versuchte, Federn ins Wasser zu werfen, die lieber fliegen wollten statt schwimmen. Selbst Schweigen war in Ordnung mit Paul.

Aber nicht als Ferienbeschäftigung. In den Ferien wollten sie zusammen zelten und auf seinem Dachboden herumstöbern, Piraten spielen und mit seinem Paddelboot fahren. Ausreiten auf Chocolat und … Ein gellender Pfiff ließ sie zusammenzucken. Das war Paul, der wie immer beim Duckdalben auf sie wartete. Sie versuchte, mit einem Pfiff zu antworten, aber mit nassen Fingern ging das nicht. Mit trockenen auch nicht, wenn sie ehrlich war, jedenfalls nicht mit ihren, aber jetzt hatte sie keine Zeit mehr zum Üben.

Yane feuerte die beiden Löffel und die Suppenkelle zu den Tellern und Töpfen in den Abtropfkasten, zog den Stöpsel aus dem Spülbecken und ließ das Schmutzwasser ablaufen. Nichts wie raus jetzt, bevor Opa noch eine Aufgabe für sie einfiel oder gar die Hausaufgaben.

Auf halbem Weg traf sie Flop, Pauls Hund, der aufgeregt um sie herumtanzte, um dann zwischen ihr und seinem Herrchen hin- und herzurennen, bis sie bei ihrem Versteck angekommen war. Flop war ein Bobtail mit langen Zauselhaaren von der gleichen Farbe wie der Elbschlick. Und er hieß Flop, weil Pauls Vater fand, dass er als Wachhund eher eine Niete war, ein totaler Flop eben. Wie immer trug Flop sein kariertes Restaurant-Küchentuch zusammengerollt um den Hals. „Damit man weiß, wo hinten und vorne ist“, wie Pauls Vater sagte.

Oben auf der Uferböschung lehnte Pauls Fahrrad an einer großen Weide, deren herabhängende Zweige bei Flut die Wasseroberfläche berührten. Paul selbst saß auf ihrem Stammplatz und versuchte, sich selbst beim Kirschkerne-Weitspucken zu übertreffen. „Na, endlich“, nuschelte er mit vollem Mund und ließ eine Salve Kirschkerne zwischen die schlickigen Steine prasseln. „Hat Opa Lollo dir wieder so viele spannende Sachen erzählt, dass du nicht wegkamst?“

„Quatsch.“ Yane verzog den Mund. Natürlich wusste Paul über Opa Lollo und seine Schweigsamkeit Bescheid. Er machte sich lustig über Yanes Sehnsucht nach Geschichten, die nicht aus dem Radio oder aus Büchern kamen.

„Woher hat dein Opa eigentlich seinen Namen?“, fragte Paul und fummelte eine Kirsche aus der braunen Obsttüte. „Von diesem italienischen Salat mit den roten Blättern, den Papa immer macht?“

„So ähnlich. Italien stimmt jedenfalls.“ Yane nahm sich eine Zwillingskirsche und hängte sie über ihr rechtes Ohr. „Von einer italienischen Schauspielerin mit roten Locken, für die er schon als Junge geschwärmt hat.“

„Sag bloß“, Paul spuckte seinen Kern in die Elbe, „hat er dir das etwa selbst erzählt?“

„Nein, das hab ich von Elisa, der Frau vom Kiosk am Fähranleger. Die kennt ihn noch von früher.“

„Immerhin“, sagte Paul und reichte ihr die Hand, damit sie zu ihm nach oben klettern konnte, „dann war er also nicht immer so komisch drauf wie heute.“

„Vielleicht.“ So hatte Yane das noch nie betrachtet. „Wahrscheinlich ist er erst so geworden, nachdem der Rest meiner Familie sich in den Himmel verabschiedet hatte.“ Wenn sie über ihre abwesende Familie sprach, bemühte sie sich immer um einen lässigen Ton. Lässiger, als ihr dabei zumute war. Sie kaute auf ihrer Unterlippe herum. „Ist ja auch wirklich blöde, plötzlich allein mit einem Kleinkind auf so einem großen Schiff zu wohnen. Fast so blöd wie für das Kleinkind selber. Wie ist das eigentlich mit deinem Papa?“, fragte sie, ohne Paul anzusehen. „Ihr beiden lebt doch auch alleine. Spricht er auch so wenig mit dir?“

„Nee“, antwortete Paul lachend. „Papa singt und pfeift und redet den ganzen Tag. Und wenn nicht, dann hört er in seiner Küche laute Rockmusik.“

„Ist er denn nicht traurig, dass deine Mama nicht mehr da ist?“

„Doch, klar ist er das. Aber er sagt, Mama würde oben im Himmel die Wut kriegen, wenn er den ganzen Tag Trübsal blasen und wie ein Trauerkloß durch unser

Leben schleichen würde. Und Mama konnte sehr wütend werden, sagt er."

„Woran ist sie denn gestorben?"

„An einer Krankheit, bei der die weißen Blutkörperchen gegen die roten gewinnen. Da war ich sechs."

„Kannst du dich noch an sie erinnern?"

„Ja. Vor allem an ihre Stimme. Und wie sie gelacht hat. Und geweint. Aber das hat sie nur getan, wenn sie dachte, ich merk's nicht."

„Ich weiß gar nichts von meiner Mutter", sagte Yane leise. „Nur dass sie immer auf diesem Duckdalben hier gesessen hat und dabei aussah wie eine Meerjungfrau."

„Vielleicht war sie ja eine", versuchte Paul zu scherzen. „Und weil sie ihren Fischschwanz nicht loswerden und deinen Vater nicht kriegen konnte, hat sie sich vor Kummer in die Elbe gestürzt und rüttelt seither bei Sturmflut an den Ketten der Sankt Pauli."

„Blödmann", sagte Yane. „Opa Lollo behauptet, sie ist jetzt ein Stern und wohnt im Himmel bei meinem Papa. Der ist angeblich auch einer."

„Mit deinen vielen Verwandten da oben kannst du bald eine Galaxis für dich alleine aufmachen." Mit einem Satz sprang Paul vom Duckdalben, dessen modriger Fuß schon fast wieder vom auflaufenden Elbwasser umspült wurde. „Los, komm runter, bevor du gleich nasse Füße kriegst. Ich muss dir was zeigen."

Er fummelte etwas aus seiner Jeans, das aussah wie eine zerknitterte Zeitungsseite. Neugierig geworden, kletterte Yane von ihrem Hochsitz und setzte sich zu Paul auf die Wiese.

„Meinst du vielleicht das hier?“, grinste sie und deutete auf eine der Kleinanzeigen, die sich eine neben der anderen auf Pauls Zeitungsausriss drängelten:

„**Sturmerprobte Omi sucht Arbeit**, heiteres Gemüt, Frühaufsteherin, Führerschein, Jagd- und Angelschein, Schularbeiten bis Klasse 9, Hundefutter kochen, liebt Konversation und Vorlesen von Zeitungsartikeln. Deutsch, Englisch, Holländisch. Tel. 04124/…“

„Quatsch“, sagte Paul. „Ich hab schon ’ne Omi, wenn auch weit weg. Und überhaupt, was soll ich denn mit Schularbeiten. Wär vielleicht eher was für dich, die Omi, vor allem das mit der Konservation.“

„Kon-ver-sa-tion“, korrigierte ihn Yane kichernd. „Ob das teuer ist, so ’ne Omi aus der Zeitung? Vielleicht kann ich mir die ja von meinem Taschengeld leisten. Dann hätte ich wenigstens jemanden, der mit mir spricht.“

„Ach was.“ Paul kratzte sich an der Nase. „Brauchst du nicht. Du hast ja schließlich mich. Außerdem redet die englisch und holländisch. Da verstehst du auch kein Wort.“

„Hmm, da ist was dran. Vielleicht sollte ich sie Opa zum Geburtstag schenken.“ Nachdenklich betrachtete Yane den Duckdalben, der immer tiefer im Wasser versank. „Aber ich bin mir nicht sicher, dass er sich darüber freuen würde. Meistens rede ich ihm schon zu viel. Und Hund haben wir auch keinen zum Bekochen …"

„Jetzt vergiss mal die Omi", sagte Paul und deutete ungeduldig auf eine Anzeige, die zehn Zentimeter weiter unten klemmte. Zwischen einem alten „Plattenspieler für Liebhaber" und einem „Büffetschrank von anno dazumal". „Was sagst du dazu?"

„Geräumiges Baumhaus zu verschenken", las Yane. „Sprossenfenster, Kaltwasserdusche, Strickleiter inklusive. Nur für Selbstabholer und Wiederaufbauer. Tel. 0172/…"

„Klingt, als hätten wir unser Ferienhaus gefunden", sagte Yane begeistert. „Los, wir müssen sofort da anrufen, sonst schnappt es uns noch einer weg."

„Hab ich schon", sagte Paul. „Ist schon alles klar. Papa ist einverstanden. Einen passenden Baum haben wir auch schon ausgeguckt. Wir müssen das Haus nur noch abholen."

„Wann?"

„Montagmorgen. Da ist bei uns Ruhetag. Und es dauert bestimmt einen ganzen Tag, das Teil abzubauen."

„Mist. Montag ist doch Schule, da können wir gar nicht mitfahren."

„Ach verdammt, hab ich noch gar nicht dran gedacht.“ Paul zog die Nase kraus, wie er es immer tat, wenn er genervt war. „Vielleicht kann uns Papa ja auch nach der letzten Stunde bei der Schule einsammeln. Wenn wir ihm beide helfen, holen wir die Zeit vom Vormittag wieder auf.“

„Mann, das wäre super. Ich muss nur Opa Lollo fragen, ob ich darf.“

„Klar darfst du“, sagte Paul entschieden. „Schließlich kriegt man nicht alle Tage ein neues Haus.“

„Außerdem hab ich noch nie in einem Haus gewohnt“, ergänzte Yane. „In einem Baumhaus erst recht nicht. Das muss er einfach einsehen.“

Das Baumhaus

Opa Lollo hatte es eingesehen und Yane erlaubt, Paul und seinen Vater am Montag nach der Schule bei der Hausbesichtigung und -verpflanzung zu begleiten. Allein schon, damit sie endlich den Mund hielt und aufhörte, von nichts anderem als Sprossenfenstern, Strickleitern und passenden Bäumen zu reden. „Ist ja schon gut", hatte er nach einer halben Stunde geraunzt, nach der ihm die Erschöpfung durch Yanes Redeschwall deutlich anzusehen war. „Aber brich dir bitte nicht den Hals bei den Abbrucharbeiten."

„Kein Problem", strahlte Yane. „Mama und Papa werden schon von oben auf mich aufpassen." Stürmisch umarmte sie ihren Großvater.

Der war diese Behandlung gar nicht gewöhnt und befreite sich unbeholfen aus ihrer Umklammerung. „Na hoffentlich", knurrte er unwirsch. „Können ja schließlich auch mal was tun."

So kam es, dass am folgenden Montag, kaum dass die Schulglocke den Nachmittag eingeläutet hatte, zwei aufgeregte Kinder ungeduldig vor dem Schultor hin und her liefen und auf Pauls Vater warteten. „Wo bleibt er denn bloß?“, beschwerte sich Paul und kickte einen dicken Kieselstein quer über die Straße. „Wir haben schließlich nicht den ganzen Tag Zeit.“

„Doch haben wir“, sagte Yane vergnügt und kletterte auf den Torpfosten, um eine bessere Aussicht auf die Straße zu haben. „Von mir aus kann's bis Mitternacht dauern.“

„Das wird es auch, wenn er nicht bald kommt. So ein Baumhaus schwebt schließlich nicht von alleine vom ...“ Er kam nicht dazu, seinen Satz zu vollenden, denn in diesem Augenblick schaukelte der altmodische englische Kastenwagen von Pauls Vater Nils um die Kurve und hielt ein paar Sekunden später mit quietschenden Reifen vor ihnen an. Zum Deichschaf Uferstraße 9 Kollmar stand in schnörkeligen schwarzen Buchstaben und in Kreisform wie ein runder Stempel auf beiden Seitentüren des lavendelblau lackierten Oldtimers. „Tut mir leid, ihr beiden, aber schneller ging's nicht mit dieser Rumpelkiste im Schlepptau“, rief Nils aus dem holzgerahmten offenen Fenster. „Hoffentlich kracht sie nicht unter eurem zukünftigen Baumhaus zusammen.“ Der geräumige Anhänger, der hinter Nils' Auto herschwankte, wirkte in der Tat nicht sonderlich vertrauenerweckend mit seinen abgefahrenen Reifen, dem Loch in der hölzernen Seitenwand und dem fast zwei Meter langen Riss in der gummierten Leinenplane.

„Wo hast du denn das Teil aufgetrieben?“, fragte Paul skeptisch. „Auf dem Schrottplatz?“

„Ganz und gar nicht“, grinste Nils, „das ist Bauer Jensens bestes Stück. Ich musste es bloß erst aus dem Stall ziehen und das Stroh und die Spinnweben abkehren. Und an der Tankstelle die Reifen aufpumpen.“

„Au weia.“ Paul kratzte sich am Kopf.

„Wird schon gehen“, meinte Yane fachmännisch. „Viel besser sieht unser Schiff auch nicht aus, aber es schwimmt noch.“

„Na, schwimmen müssen wir zum Glück damit nicht.“ Nils beugte sich zur anderen Seite und öffnete die Tür. „Alle Mann einsteigen bitte, wir haben nicht den ganzen Tag Zeit.“

„Sag ich doch.“ Mit einem Satz war Paul im Auto. Yane kletterte hinter ihm her auf die durchgehende vordere Sitzbank, auf der bequem drei Leute Platz fanden. Zu ihren Füßen döste Flop vor sich hin. Sie stellten ihre Ranzen rechts und links von ihm ab und legten die Füße obendrauf.

„Macht's euch gemütlich. Proviant liegt im Handschuhfach“, sagte Nils und fuhr vorsichtig an. „'ne Dreiviertelstunde brauchen wir bestimmt bis dorthin.“

Mit Heißhunger machten sich Yane und Paul über die Makrelenbrötchen mit Eichblattsalat her, die Nils für sie eingepackt hatte. Flop hob kurz den Kopf und schnupperte, aber er machte sich nichts aus Fischbrötchen. „Mhmm, lecker“, nuschelte Yane zwischen zwei ausgefransten Salatblättern hindurch und fragte sich, warum der Fisch bei Nils so viel besser schmeckte als bei ihrem Opa. Vergnügt saß sie neben Paul und seinem Vater. Sie mochte Nils. Mit seinen braunen Locken, zwischen die sich schon das eine oder andere graue Haar geschummelt hatte, sah er aus wie eine größere Ausgabe von Paul. Er trug das gleiche rotblau karierte Wollhemd über der Jeans. Aber seine Augen waren grün statt braun wie die seines Sohnes. Und bei Paul würde es sicher noch etwas dauern, bis er so einen lustigen Schnauz tragen konnte, der sich beim Reden immerzu bewegte, als hätte er selbst was zu sagen.

Mit Essen, Bauplänesschmieden und Piratenliedersingen verging die Zeit wie im Flug, obwohl sie mit dem Hänger nicht besonders schnell fahren konnten. Als sie schließlich auf dem zwischen Pferdeweiden gelegenen Gehöft ankamen, wo ihr zukünftiges Baumhaus stand, wurden sie bereits erwartet.

„Dort vorne ist es“, sagte der Bauer, der ihnen mit einer Schubkarre voller Pferdemist entgegenkam, und betrachtete skeptisch ihren Anhänger. Er wies auf eine imposante Baumgruppe in der Nähe eines Stallgebäudes aus roten Backsteinen. Doch das wäre nicht nötig gewesen. Das Baumhaus war nicht zu übersehen.

„Das ist ja eine halbe Villa.“ Nachdenklich rieb Nils sich den Schnauz.

„Oh, Mann“, sagte Paul bloß. Viereinhalb Meter über der Erde, in einer gewaltigen Baumruine, die ihre vom Wind geschälten Äste wie bleiche Finger in den Himmel reckte, thronte eine Art Schwedenhaus mit Veranda. Sie liefen hinüber.

„Der Baum muss weg, bevor er beim nächsten Sturm auf dem Stalldach landet. Ein Blitz hat ihn schon vor Jahren so zugerichtet“, sagte der Bauer und tätschelte den Stamm, als handele es sich um einen Hund. „Aber das Haus ist noch völlig in Ordnung. Dachte mir, das könnte noch jemand gebrauchen, jetzt wo meine eigenen Kinder aus dem Haus sind.“

Andächtig nahmen Yane und Paul das Baumhaus in Augenschein. Der hellblaue Anstrich war am Abblättern und die Schindeln aus grauer Dachpappe hatten eine dicke Schicht Moos angesetzt, doch die Fenster waren heil und auch sonst wirkte das Gebilde ziemlich solide. An einer Ecke der luftigen Veranda baumelte eine windzerzauste Strickleiter, die einen halben Meter über der Erde endete. Direkt daneben war an einem rostigen Haken eine große Zinkgießkanne mit einem morschen Seil um den Hals befestigt. „Das ist wohl die Kaltwasserdusche“, sagte Paul und zog daran.

„Iiieeh!“ Yane machte einen Satz, um dem Wasserschwall vom letzten großen Regen zu entkommen, der sich über sie ergoss. Flop dachte, es handele sich um ein Spiel und sprang begeistert um sie herum. Zusätzlich zu der Strickleiter, in der sich einiges Gestrüpp verfangen hatte, gab es eine stabile Holzleiter. Nils kratzte sich überm Ohr.

„So groß hatte ich mir euer Baumhaus nicht vorgestellt. Das sieht mir sehr nach einer Nachtschicht aus. Hoffentlich schaffen wir das heute noch."

Sie schafften es, obwohl es wirklich ein hartes Stück Arbeit war, das für ein paar geklemmte Finger und eine große Beule an Pauls Kopf sorgte. Der freundliche Bauer packte, so gut er konnte, doch mit an, obwohl er das eigentlich nicht vorgehabt hatte. Die Dämmerung begann gerade in ein tiefes Dunkelblau umzuschlagen, als sie kurz nach zehn endlich mit dem schwer beladenen Hänger von seinem Hof rollten. „Du schläfst heute Nacht bei uns", sagte Nils und reichte Yane sein Handy, damit sie Opa Lollo anrufen konnte. „Sonst wird's noch später. Außerdem mag ich mit dieser Fuhre nicht über den schmalen Feldweg zu euch rumpeln. Habt ihr Telefon an Bord, oder müssen wir morsen?"

Aber das war nicht nötig. Ein Handy besaß Opa Lollo immerhin, obwohl er auf Kontakte zur Außenwelt nicht sonderlich viel Wert legte und mehr über „diese klingelnde Nervensäge“ schimpfte, als dass er sie benutzte. Diesmal fand er die Nervensäge, die sich zu allem Überfluss auch noch vor ihm zu verstecken pflegte, schon nach zwei Minuten und wenig später war Yane auf dem Weg zum Deichschaf zwischen Nils und Paul eingeschlafen.

Am nächsten Morgen fand Yane sich in der unteren Etage von Pauls Hochbett wieder und konnte sich nicht mehr erinnern, wie sie dort hineingekommen war. „Moin, moin“, rief Paul und stellte ein Tablett mit zwei Tassen dampfender Schokolade und Marmeladentoasts vor ihr ab. Er war noch im Schlafanzug, schien aber bereits hellwach zu sein.

„'n Morgen“, gähnte Yane, während Paul sich vor ihr auf dem gestreiften Flickenteppich niederließ.

„Steht dir gut, mein Schlafanzug“, grinste Paul und biss in einen Toast. „Interessante Knöpftechnik.“

Yane zog die Bettdecke zur Seite und blickte an sich herunter in die rot und grün glimmenden Gesichter von mehreren verwaschenen Weltraummonstern, die merkwürdig verdreht wirkten. Die beiden obersten Knopflöcher des Schlafanzugs waren leer, dafür gab es am unteren Ende zwei Knöpfe zu viel. „Wer war das denn?“

„Na du natürlich, aber da warst du wohl schon im Tiefschlaf."

„Hm, ist der Hänger okay?", wechselte Yane das Thema und fuhr sich mit beiden Händen durchs Haar, was an ihrer Frisur allerdings nichts änderte.

„Na, klar. Hat alles super geklappt. Draußen auf dem Hof steht er. Brauchst bloß durchs Fenster zu sehen."

Schlaftrunken schlurfte Yane zu der reetgedeckten Fenstergaube, unter der man sich ein bisschen vorkam wie eine Schwalbe in ihrem Nest. Paul folgte ihr mit seiner Tasse in der Hand. Der Anhänger hatte tapfer durchgehalten, aufrecht stand er mit seiner Last in dem gekiesten Innenhof. Nur der linke Vorderreifen hatte ein wenig Luft verloren. Aber was war das? Er hatte in der Nacht Gesellschaft bekommen. Direkt neben ihm parkte eine Art hölzerner Bauwagen mit einem zerschrammten blauen Kombi davor. Die Tür des glänzend dunkelgrün lackierten Gefährts stand offen, und auf der obersten Stufe einer herausklappbaren Trittleiter aus Holz saß eine Frau, mit deren wuscheligem blonden Haar der Wind spielte. Sie trug ein gestreiftes Männerhemd über der Jeans, und in den Händen hielt sie eine henkellose Schale, aus der sie ihren Morgenkaffee zu trinken schien. Ihre Füße steckten in leuchtend pinkfarbenen Flip-Flops, von denen einer gerade herunterfiel und auf der untersten Stufe liegen blieb. Sie hatte den Kopf an den Türrahmen gelehnt und hielt ihr Gesicht mit geschlossenen Augen in die Sonne. Als spüre sie, dass jemand sie beobachtete, öffnete sie die Augen. Sie sah die beiden Kinder am Fenster und hob lässig eine Hand zum Gruß.

„Kennst du die?“, fragte Yane und winkte schüchtern zurück.

„Noch nicht“, sagte Paul. „Ich wollte ihr nicht als Erstes im Schlafanzug begegnen. Nils sagt, das wird vielleicht unsere neue Hilfe im Deichschaf. Sie hat seine Anzeige im Wochenblatt gelesen. Dort, wo wir auch unser Baumhaus gefunden haben.“

„Wohnt sie jetzt hier?“

Ein lautes Händeklatschen schreckte sie aus ihrem Gespräch. „Hopphopp, ihr beiden. Keine Träumereien bitte. In einer halben Stunde müsst ihr in der Schule sein.“ Mit Gepolter kam Nils die Treppe herauf. Wie Yane hatte er noch ziemlich kleine Augen.

„Aber das Baumhaus … Wir müssen doch …“

„Das muss noch ein bisschen warten“, sagte Nils und wuschelte Paul durchs Haar. „Schließlich hab ich nicht jeden Tag Ruhetag. Ihr übrigens auch nicht.“ Er reichte jedem von ihnen ein Schulbrot. „Und heute habt ihr’s besonders eilig. Ihr müsst nämlich zu Fuß gehen. Eure Fahrräder stehen noch von gestern auf dem Schulhof. Schon vergessen?“

Seufzend machten sich Yane und Paul für eine Zehn-Sekunden-Katzenwäsche auf den Weg ins Badezimmer.

„Schule? Lohnt sich doch gar nicht mehr." Paul kämpfte mit seiner Zahnbürste, während er versuchte, beim Zähneputzen zu reden. „Übermorgen gibt's sowieso Ferien." Das Wort „Ferien" vermischte sich mit einer großen Portion Schaum, die, verteilt auf viele kleine Tröpfchen, gemächlich den Badezimmerspiegel hinunterlief.

Die Bauwagenfrau

„Und? Behaltet ihr sie?“, fragte Yane als Erstes, als Paul sie drei Tage später von der Sankt Pauli abholte. Sie kniete an Deck unter der Markise und zerrte am widerspenstigen Reißverschluss einer voluminösen schwarzweißrot karierten Plastiktasche.

„Wen sollen wir behalten?“, fragte Paul begriffsstutzig, während er sich mit dem Handwagen abmühte, den er quietschend hinter sich herzog.

„Na, die Bauwagenfrau.“

„Ach so, die. Ja, ich denke schon. Nils will es jedenfalls mit ihr versuchen.“ Paul ließ die Deichsel des Wagens fallen und fuhr sich mit dem Handrücken über die Stirn. „Ganz schön heiß heute. Bist du so weit?“

„Ja, ich hab's gleich. Nur noch den Badeanzug hier und meinen Kescher.“ Yane trug eine ausgefranste orange Hose, die kurz überm Knie endete, und eine alte Baseballmütze falsch herum auf dem Kopf und stopfte wahllos Ferienutensilien in ihre Tasche. „So, fertig. Muss nur noch Opa Lollo Tschüs sagen. Du kannst ja schon mal meine Klamotten in deinen Wagen laden.“ Sie grinste. „Kommt der auch von Bauer Jensen?“

„Mach dich bloß lustig über mich. Sei froh, dass ich dich überhaupt abhole. Sonst hättest du deinen Packesel da drüben satteln müssen.“ Chocolat döste im Schatten unter seinem Stalldach und sah gerade gar nicht nach Packesel aus.

„Nee, da nehm ich lieber dich. Chocolat gibt nie Antwort, wenn man ihm was erzählt.“ Yane hüpfte davon auf der Suche nach ihrem Großvater. Als sie ihn endlich fand, schob er gerade ein Regal vor eine Tür hinter dem Niedergang, die ihr bis dahin noch nie aufgefallen war. Dabei hatte sie immer gedacht, sie kenne jeden Winkel der Sankt Pauli. „Hallo, Opa, da bist du ja. Ich hab dich überall gesucht“, sagte Yane atemlos. „Was ist denn das für eine Tür?“

„Nur eine Rumpelkammer“, antwortete Opa Lollo unwirsch. „Und was machst du noch hier? Ich dachte, du bist schon längst weg.“

„Na, hör mal, ich haue doch nicht einfach ab, ohne mich zu verabschieden. Vor allem nicht für so lange.“ Sie schob ihre Schirmmütze in den Nacken. „Vielen Dank, Opa, dass ich für eine ganze Woche zu Paul darf. In der Zeit kriegen wir das Baumhaus bestimmt hin. Wir müssen nur seinem Vater ordentlich damit in den Ohren liegen.“

„Na, das dürfte ja kein Problem für dich sein.“

Yane lachte gut gelaunt. Heute konnte ihr keine von Opas Lollos Bemerkungen den Tag verderben. „Aber jetzt muss ich los, bevor Paul draußen einen Sonnenstich kriegt. Bis bald, Opa Lollo, du weißt ja, wo du mich findest, wenn du Sehnsucht nach mir hast. Und pass auf dich auf." Sie hauchte ihm einen zaghaften Kuss auf die Backe.

„Pass du vor allem auf dich auf", erwiderte Opa Lollo leise und sah erschöpft aus und irgendwie ertappt, als er sich an das Regal lehnte und ihr nachblickte.

„Tschüs, Chocolat", rief Yane über die Wiese, als sie mit ihrem Kescher in der Hand von Bord sprang. Von Ole und der desinteressierten Gertrud hatte sie sich bereits verabschiedet „Ich mache eine Woche Ferien bei Paul. Ich hoffe, du wirst mich vermissen." Chocolat vertrieb mit dem Schwanz lässig ein paar Fliegen. Ansonsten sah er nicht so aus, als habe er sie verstanden.

„Ich dachte schon, du hast es dir anders überlegt", empfing Paul sie im Schatten der Weide, neben der ihr Fahrrad stand. „Das hat ja ewig gedauert."

„Ich konnte Opa einfach nicht finden, das ist alles." Yane schnappte sich ihr Fahrrad. Sie runzelte die Stirn, als ihr die Tür hinter dem Regal wieder einfiel. Aber um die würde sie sich ein anderes Mal kümmern. Jetzt warteten wunderbare Ferien auf sie. Baumhaus-Ferien.

„Wie ist sie denn so?", fragte sie, als sie mit ihrem Fahrrad neben Paul auf dem Feldweg hertrottete.

„Wer?"

„Na, die Bauwagenfrau natürlich, wer denn sonst?"

„Ach so. Keine Ahnung. Ganz in Ordnung, glaube ich. Redet bloß nicht viel."

„Und was macht sie den ganzen Tag?"

„Lange Spaziergänge. Sie läuft am Elbstrand auf und ab und sammelt seltsame Sachen. Und die packt sie dann alle unter ihren Bauwagen."

„Seltsame Sachen?"

„Ja, nackte Äste ohne Rinde, Federn, Scherben, rostige Teile und so 'n Zeug."

„So komisch ist das doch gar nicht. Machen wir doch auch."

„Klar. Aber hast du schon mal Erwachsene gesehen, die so was tun? Vorhin, bevor ich losging zu dir, kam sie mit 'nem verbeulten alten Auspuff an, der wohl schon jahrelang im Wasser gelegen hatte. Ich hab sie gefragt, was sie damit will, aber sie hat nur gelächelt und gesagt ‚mal sehen'. Sie heißt übrigens Stella. Und morgen fängt sie bei uns im Restaurant an."

Stella war nicht zu sehen, als die beiden verschwitzt und ein bisschen staubig nach einer Dreiviertelstunde beim Deichschaf ankamen. Aber zu beiden Seiten des Bauwagens hingen jetzt Blumenkästen mit pinkfarbenen Geranien und leuchtend blauen Hängelobelien unter den weiß gerahmten Fenstern, was der ungewöhnlichen Behausung einen Hauch von Sesshaftigkeit verlieh. In einem der Kästen steckte ein Treibholzengel mit flauschigen Gänsefedern als Flügel, lila Drahthaaren und einem ziemlich frechen Gesicht. Neben ihm saß ein knubbeliger runder Kaktus, der zu den Geranien nicht so richtig passen wollte.

Paul wuchtete Yanes Gepäck aus seiner Karre. „Ich bring den Wagen weg, du kannst ja schon mal in die Küche gehen und uns was zu trinken besorgen."

Yane lehnte ihr Fahrrad und den Kescher an die weiß getünchte Hauswand und betrat durch eine Seitentür die Küche des Restaurants. Nils war nicht da, aber sie hörte ihn in der Speisekammer rumoren. Stella stand am Tresen des Gastraums und polierte mit einem gestreiften Küchentuch Weingläser. Sie trug über der Jeans eine dunkelgraue Schürze, die bis fast zum Boden reichte. Ihr blondes Zauselhaar, das von Nahem betrachtet aussah wie abgebissen, hatte sie mit einem schlammfarbenen Tuch gebändigt.

„Hallo", sagte Yane und kletterte auf einen der hochbeinigen Barhocker vor dem Tresen.

„Hallo", erwiderte Stella. „Dich habe ich doch neulich oben am Fenster gesehen. Du bist sicher Pauls Schwester."

„Nein, Paul hat keine Schwester. Ich bin seine Freundin. Und wer bist du?"

„Stella." Stella schob ihr eine Schale mit Erdnüssen und Oliven hin und lächelte ihr zu. „Ich helfe den Sommer über im Restaurant." Sie hatte kleine blaue

Löwenaugen, die sehr intensiv blicken konnten und Yane an irgendetwas erinnerten. Wahrscheinlich an den Löwen, den sie vor einer Weile im Zoo in der Stadt gesehen hatte, als sie mit ihrer Klasse einen Schulausflug gemacht hatte.

„Wohnst du jetzt hier?“ Yane nahm sich eine Nuss.

„Wie man’s nimmt. Ich wohne in meinem Wagen, aber Pauls Vater hat mir erlaubt, ihn hier auf dem Gelände stehen zu lassen. Vielleicht suche ich mir noch einen Baum, unter dem es etwas schattiger ist.“

„Das solltest du, es ist affenheiß draußen.“ Yane verteilte den Staub gleichmäßig über ihr schweißfeuchtes Gesicht. „Aber vielleicht nicht gerade unseren Hausbaum. Der ist tabu.“ Sie stützte beide Ellbogen auf den Tresen. „Könnten Paul und ich vielleicht was zu trinken kriegen?“

„Wie wär’s mit Holunderblütensaft mit Zitrone?“, fragte Stella und angelte zwei große Gläser aus dem offenen Regal hinter ihr. „Welcher ist das denn, euer Hausbaum, und warum heißt er so?“

„Das ist die große Weide da hinten am Strand. Und die heißt so, weil wir darauf unser Baumhaus bauen.“

Atemlos kam Paul hereingestürmt und warf sich neben Yane auf einen Barhocker. „Hmm, lecker, Holunderblütensaft. Ich bin am Verdursten.“

„Oh, krieg ich auch was? Ich bin auch am Verdursten.“ Nils wuchtete eine Holzkiste mit Weißwein durch die Schwingtür zum Restaurant und stellte sie geräuschvoll auf dem Boden ab. „Und ich hör schon wieder ‚Baumhaus'." Er nahm sich zwei schwarz glänzende Oliven aus der Schale und sah seinen Sohn an. „Ich fürchte, vor nächstem Montag wird das nichts", erklärte er. „Am Wochenende haben wir alle Hände voll zu tun. Ab Samstagnachmittag haben wir eine Hochzeitsgesellschaft hier. Und am Sonntag ist natürlich der ganz normale Ausflugsbetrieb."

„Und morgen früh? Wir könnten doch …"

„Den Freitagmorgen brauche ich für einen Großeinkauf", sagte Nils. „Tut mir leid, Paul, aber du weißt doch, wie das hier ist. Vor Montag geht gar nichts."

„Aber Papa", Paul machte ein enttäuschtes Gesicht, „Yane ist doch nur für eine Woche hier, und wir wollten doch zusammen …"

„Stimmt ja überhaupt", sagte Nils und lächelte Yane zu, „das hatte ich schon fast wieder vergessen. Herzlich willkommen, Yane, bist du schon oben eingezogen?"

„Fast. Ich glaub, mein Gepäck steht noch auf dem Hof. Der Packesel musste sich erst mal ausruhen", antwortete Yane und schob Paul sein Glas hinüber. Sie bemühte sich, nicht allzu enttäuscht auszusehen wegen des vorläufigen Baustopps. Für sie waren Ferien bei Paul so oder so etwas ganz Besonderes. Mit Baumhaus oder ohne.

„Yane?“ Stella sah sie unvermittelt an. „Du heißt Yane?“

„Ja“, sagte Yane leicht genervt, weil sie diese Art Reaktion schon kannte. „Aber ich bin trotzdem ein Mädchen.“

„Klar, sieht man doch“, sagte Stella nach kurzem Zögern und dann, nach einer Pause. „Yane. Schöner Name. Wo hast du den her?“

„Von meinen Eltern, nehm ich an“, erwiderte Yane. Was für eine Frage.

„Ja, natürlich, klar.“ Stella machte eine fahrige Handbewegung mit dem Küchentuch und wischte dabei das für Nils bestimmte Glas vom Tresen. Es zerschepperte klirrend auf den Steinfliesen, und sie ging rasch auf Tauchstation, um die Splitter aufzufegen.

„Macht nix“, lachte Nils. „Scherben bringen Glück. Herzlich willkommen im Deichschaf, Stella.“

„Danke.“ Eilig kehrte Stella die Scherben zusammen. Als sie mit Schaufel und Handfeger wieder von unter dem Tresen auftauchte, war ihr Gesicht sehr blass. Nils hatte inzwischen zwei neue Gläser mit Holunderblütensaft gefüllt. Er reichte Stella eines davon.

„Auf den Schreck“, sagte er.

Stellas Hände zitterten ein wenig, als sie ihr Glas hob und leise antwortete: „Auf den Schreck.“

Noch ein Schreck

Früh am nächsten Morgen erwachte Yane von dem knirschenden Geräusch, das entsteht, wenn sich Autoreifen auf Kieselsteinen in Bewegung setzen. Das war wohl Nils auf Einkaufstour zum Großmarkt in der Stadt. Yane blickte auf die Zeiger von Pauls altmodischem silbernen Wecker, der auf einem Hocker neben ihr stand und jetzt in den Ferien natürlich zu striktem Stillschweigen verurteilt war. 5.30 Uhr. Halb sechs. Wohlig kuschelte sie sich in ihre Bettdecke, obwohl sie spürte, dass sie nicht mehr würde einschlafen können. Zu Hause in ihrer Koje auf der Sankt Pauli hätte sie sich auf der Stelle noch einmal umgedreht und weitergeschlafen. Doch so ein Bett an Land war etwas ganz anderes, Ungewohntes. Über ihr schlummerte Paul. Sein linker Fuß baumelte über den Bettrand. Die Fußsohle hatte einen dunklen Trauerrand. Yane lächelte dem Fuß zu, schob ihre Bettdecke beiseite und kroch aus dem Bett. Vorsichtig, um kein Geräusch zu machen, schob sie den weiß gestrichenen Lehnstuhl mit dem zerlümmelten Kissen ans Fenster. Es fühlte sich so anders an, in einem Haus zu wohnen, mit festen Mauern um einen herum. Nichts schwankte. Nichts plätscherte. Statt durch ein Bullauge auf einen kreisrunden Ausschnitt kabbeliges graubraunes Elbwasser zu blicken, schaute man über Felder und Wiesen, wo wie hingetupft die Deichschafe und ihre Lämmer lagen oder schon beim ersten Frühstück waren. Durch den Morgennebel sahen sie weich aus wie vorübergehend auf der Erde geparkte kleine Wolken. Yane kniete sich auf den Stuhl, die Arme auf die Fensterbank gestützt, und träumte. Von einem Haus, von einem Bruder wie Paul und von einem Großvater, der ihr Geschichten von früher erzählte und der zuhörte.

Von einem Bellen wurde sie hochgeschreckt. Sie sah Flop schwanzwedelnd aus dem Gebüsch auftauchen. Schnüffelnd lief er auf dem Hof herum und ließ sich schließlich am Fuße der Holzstufen vor Stellas Wagen nieder, als warte er auf dessen Bewohnerin. Er legte den Kopf auf die Pfoten, seine Zottelhaare fielen ihm über die Augen wie Stellas, sodass nicht zu erkennen war, ob er wachte oder schlief. „Er könnte auch gut so ein Stirnband gebrauchen wie Stella es hat", dachte Yane … Und da sah sie es. Das heißt, sie sah nichts. Der Platz neben Stellas Bauwagen war leer. Bauer Jensens Anhänger mit dem Baumhaus war weg. Genauso wie Stellas zerschrammter blauer Kombi.

„Paul!" Yane sprang vom Stuhl und drehte sich zu Paul um.

Unsanft von ihrem schrillen Schrei geweckt, zuckte Paul hoch und stieß sich den Fuß an dem graublauen Bettgeländer. „Aua." Mit schmerzverzerrtem Gesicht hielt er sich den Fuß. „Mann, ich hab Ferien, was ist denn los? Du bist ja schlimmer als mein Wecker!"

„Das Baumhaus ist los. Es ist weg. Und Stellas Auto auch."

„Was?" Mit einem Satz war Paul unten und humpelte zum Fenster. „Das gibt's doch gar nicht. Was will die denn mit unserem Baumhaus? Los, komm." Für Yane und Paul bestand kein Zweifel, dass Stella sich mitsamt dem Baumhaus davongemacht hatte. Im Schlafanzug rannten die beiden nach draußen. Sie bollerten an Stellas Wagentür, aber natürlich öffnete niemand. „Wo ist sie, Flop?", rief Paul. „Hast du Stella gesehen? Wo ist unser Haus?" Flop sprang an ihm hoch und rannte dann so schnell davon, dass sie ihm barfuß auf den eierigen Kieselsteinen kaum folgen konnten. Als sie an das Ende des Pfades kamen, der sich durch einen schmalen Schilfgürtel hindurch von dem gekiesten Vorplatz bis zum Elbstrand schlängelte, blieben sie wie angewurzelt stehen.

Unter der riesigen Trauerweide, die ihr zukünftiges Baumhaus beherbergen sollte, stand Bauer Jensens Hänger mit Stellas Auto davor. Die morsche Plane war zurückgeschlagen und von drinnen schob sich, wie von Geisterhand bewegt, ein langer viereckiger

Holzbalken heraus. Mit einem dumpfen „Plupp“ landete er im Sand neben den übrigen Bauteilen, die dort bereits angehäuft waren und mit großen Kreideziffern versehen auf ihre Verarbeitung warteten. Aus dem Anhänger sprang zwei Sekunden später Stella, um mit dem vergrößerten Ausdruck eines Digitalfotos in der Hand das Sammelsurium zu begutachten. Sie hatte Turnschuhe an und eine rote Latzhose überm Ringelhemd. Ihre Haare hatte sie zu einem wilden Knoten hochgenudelt und hinter ihrem rechten Ohr klemmte ein dicker flacher Zimmermannsbleistift. Sie blickte erst auf, als Flop bellend um sie herumsprang, voller Genugtuung, dass er sie gefunden hatte. „Gut, dass ihr kommt“, sagte sie, als sie Yane und Paul bemerkte. „Ich könnte ein bisschen Unterstützung gebrauchen.“

Die beiden warfen sich einen Blick zu. „Was machst du denn da?“, fragte Paul misstrauisch. „Wir dachten schon …“

„Dass ich mit diesem Puzzle von einem Baumhaus abgehauen bin und stattdessen meinen schönen Bauwagen zurückgelassen habe?“ Stellas Stimme hatte einen belustigten Unterton. „Quatsch. Ich helfe euch bloß es aufzubauen. Dein Vater hat doch keine Zeit. Aber ich muss erst heute Nachmittag wieder im Restaurant arbeiten.“

„Du?“ Paul betrachtete sie zweifelnd. „Ein Baumhaus bauen?“

Stella war so dünn, dass man sie schon fast mager nennen konnte. Sie sah nicht gerade aus wie jemand, der auch nur eine Schaukel an einem Ast befestigen konnte. Stella erriet seine Gedanken.

„Ich seh zwar nicht so aus“, sagte sie, „aber ich bin stark. Und ganz schön zäh, wenn's sein muss.“ Ihre blauen Löwenaugen blitzten. Sie stemmte die Hände in die Seiten. „Also, was ist jetzt? Macht ihr mit? Oder muss ich euer Haus alleine diesen Baum hochtragen?“

„Ehm, nein, aber ...“, stotterte Paul. „Weißt du überhaupt, wie das geht?“ In seiner Vorstellung waberte bereits ein völlig windschiefes wackeliges Etwas die Weide hinauf, das in sich zusammenkrachen würde, sobald auch nur eine Maus den Fuß hineinsetzte.

„Sicher weiß ich das“, sagte Stella und verzog den Mund zu einem ironischen Lächeln. „Schließlich habe ich mal Bootszimmermann gelernt. Und komplizierter als ein Boot ist ein Haus bestimmt nicht zu bauen.“

„Bootszimmerma...“ Paul blieb der Mund offen stehen.

„Dachtest du, Frauen können so was nicht?“

„D... doch, schon ... Aber warum arbeitest du denn dann bei uns im Restaurant?“

„Zur Abwechslung. Und um mich in Ruhe in der Gegend umzusehen. Gibst du mir bitte mal den Plan da vorne?“ Paul beeilte sich, ihr einen Karoblock zu reichen, auf dem Stella sich bereits Notizen gemacht und

Skizzen zu den verschiedenen Wänden gezeichnet hatte. Erst jetzt bemerkte er, dass sie ungewöhnlich kräftige und sehnige Hände hatte, die nicht so ganz zum Rest ihrer zarten Gestalt passen wollten. „Ich schlage vor, ihr zieht euch jetzt erst mal an und macht euch was zu essen. Und dann packen wir hier zu dritt an." Flop ließ ein Bellen hören. „Zu viert natürlich, du Zotteltier." Stella wuschelte ihm durchs Fell und wandte sich dann wieder dem Bretterhaufen zu.

Sie arbeiteten den ganzen Vormittag, wobei Flops Beitrag darin bestand, Stöckchen aller Art anzuschleppen. Nur mit Mühe war er davon abzuhalten, sich auch noch im Hänger nach passenden Teilen umzusehen, die er durch den Sand zerren konnte. Im Schatten der großen Weide war es angenehm kühl, aber sie kamen dennoch ordentlich ins Schwitzen beim Hin- und Herwuchten der zahlreichen Balken und Bretter. Es stellte sich heraus, dass Stella tatsächlich ein Profi war. Sehr selbstverständlich und gelassen ging sie mit Hammer, Säge und Bohrmaschine um. Dabei bewegte sie sich auf dem Baum sicher wie eine Katze, und so wuchs um die erste große Astgabelung der Weide herum allmählich die Plattform, die teils als Veranda und teils als Fundament des Baumhauses dienen würde.

„Das war's für heute, ihr Lieben", sagte Stella schließlich und packte die Dose mit den Schrauben und den Akkubohrer sorgfältig in ihren Werkzeugkasten. Mit dem Rücken an die Weide gelehnt setzte sie sich in den Sand und nahm einen tiefen Schluck aus ihrer Wasserflasche. „Jetzt brauch ich erst mal 'ne Pause, sonst schlafe ich heute Abend im Deichschaf ein."

Yane und Paul setzten sich neben sie. An den Baumstamm gelehnt blickten sie nach oben, wo jetzt die hölzerne Plattform die Sicht auf die Baumkrone versperrte und die stabile Trittleiter fest verankert war. „Sieht klasse aus", sagte Paul anerkennend. „Machen wir morgen früh weiter?"

„Ich fürchte, dein Vater braucht mich morgen den ganzen Tag im Restaurant. Aber wenn ihr wollt, könnt ihr die übrigen Teile im Hänger schon mal sortieren. Alle Seitenteile, die zusammengehören, sind mit der gleichen Ziffer markiert."

„Geht klar." Paul strahlte Stella an. „Und … danke."

„Schon gut." Stella stand auf und klopfte sich den Sand aus der Latzhose. „Hauptsache, ihr haltet mich nicht mehr für eine Vagabundin, die Baumhäuser entführt." Sie deponierte ihren Werkzeugkasten im Hänger und kuppelte diesen von ihrem Auto ab. Dann fuhr sie um den Schilfgürtel herum den kurzen Weg zurück zum Bauwagen.

„Sie ist echt in Ordnung, was?" Paul stand am Fuß der Leiter und blickte nach oben.

„Find ich auch. Obwohl, sie hätte wirklich vorher was sagen können. Ich bin ganz schön erschrocken heute Morgen, als der Hänger weg war."

Paul zuckte die Achseln. „Wahrscheinlich wollte sie uns bloß nicht wecken."

„Vielleicht ist sie auch einfach lieber alleine." Yane versuchte, durch Pusten ein Schilfblatt zwischen ihren flachen Händen zum Quietschen zu bringen. „Sehr gesprächig war sie jedenfalls nicht."

„Sie hat sich eben auf ihre Arbeit konzentriert." Paul prüfte die Stabilität der Leiter, indem er daran rüttelte. „Das hat den Vorteil, dass sie uns jetzt nicht verboten hat, auf die Plattform zu klettern. Jede Mutter hätte gesagt: ‚Die Plattform ist absolut verboten, solange noch kein Geländer dran ist.'"

Yane warf das Blatt in den Sand und stand auf. „Stimmt, aber Stella ist ja auch keine Mutter. Da sieht man das wohl nicht so eng."

„Oder sie traut Kindern einfach zu, dass sie auf sich selbst aufpassen können. So wie wir zum Beispiel." Er sah sie an. „Was ist, kommst du mit rauf?"

„Klar. Außerdem haben wir ja noch unsere echten Mütter als Schutzengel", sagte Yane. „Die müssten ja inzwischen Profis sein auf dem Gebiet, wo sie doch den ganzen Tag angeblich nichts Besseres zu tun haben, als von oben auf uns aufzupassen."

Den Rest des Nachmittags verbrachten sie überwiegend bäuchlings auf ihrer Aussichtsplattform und beobachteten mit Pauls Teleskopfernrohr durch die im Sonnenlicht hellgrün flirrenden Weidenzweige hindurch den Schiffsverkehr auf der Elbe. Für Verpflegung mit belegten Broten und Cola hatte ein kurzer Abstecher in die Küche gesorgt. „Weißt du was“, sagte Paul und richtete das Fernrohr auf zwei Paddler, die in Ufernähe stromabwärts paddelten, „meiner Mutter muss ich unbedingt von unserem Baumhaus erzählen.“

„Deiner Mutter? Aber …“ Yane war verwirrt. „Ich denke …“

„Ja, sicher, sie ist vor ein paar Jahren gestorben. Aber ich kann ihr doch trotzdem erzählen, was es Neues gibt.“

„Wo denn?“

„Na, auf dem Friedhof natürlich. Blöde Frage. In Seester. Wir können morgen mit dem Fahrrad hinfahren. Dich kennt sie auch schon.“

„Mich?“

„Klar, dich. Meinst du, ich hab ihr noch nicht von diesem Mädchen mit dem komischen Namen und den Sauerkrauthaaren erzählt, das mit seinem kauzigen Opa auf einem Schiff lebt und eine Gummiratte als kleinen Bruder hat?“

„Sauerkrauthaare?“ Genau das hatte sie doch über Stellas Frisur gedacht. „Sauerkrauthaare? Na warte, Paul, jetzt kannst du was erleben …“

Yane konnte nicht einschlafen in dieser Nacht, obwohl sie vom Hausbau und der Strandbalgerei mit Paul wegen der „Sauerkrauthaare“ todmüde war. Der Gedanke daran, Pauls Mutter auf dem Friedhof zu besuchen, war ihr nicht geheuer. Sie musste an ihre eigene Mutter denken, auch wenn sie gerade gar keine Lust dazu hatte, und fühlte nichts als ein blödes Ziehen im Bauch. Sie stand auf, setzte sich ans Fenster wie schon am Morgen und suchte einen bestimmten Stern. Aber es waren Wolken aufgezogen, und das Einzige, was sie sah, war ein halb voller Mond, der irgendwie schlecht gelaunt wirkte und sich nach einer Weile ebenfalls hinter die Wolken verkrümelte. „Dann eben nicht“, dachte Yane, „ist sowieso egal.“ Sie ging wieder ins Bett und zog sich die Decke über den Kopf.

Besuch bei Pauls Mutter

Eine halbe Stunde brauchten Yane und Paul am nächsten Morgen vom Deichschaf bis zum Friedhof nach Seester. Nils, Stella und die übrigen Angestellten des Restaurants waren so mit den Hochzeitsvorbereitungen beschäftigt, dass sie ihnen nur hektisch einen schönen Ausflug gewünscht hatten, ohne zu fragen, wo sie hin wollten. Zum Glück schien wieder die Sonne von einem fast wolkenlosen Himmel. Alles war so, wie die Leute aus der Stadt sich eine Hochzeit auf dem Lande vorstellten. Und für einen Friedhofsbesuch war Yane Sonne auch lieber.

Der Friedhof lag am Ortsrand von Seester in der Nähe eines Wäldchens. Yane und Paul schoben ihre Fahrräder in die dafür vorgesehenen Ständer auf dem kleinen Parkplatz. Paul zerrte den weinroten Picknickkorb aus Weidengeflecht vom Gepäckträger und drückte Yane den leicht zerzausten Strauß Kornblumen in die Hand, den sie unterwegs am Straßenrand gepflückt hatten. „Hältst du mal bitte. Ich hol nur noch eine Gießkanne."

Yane fühlte sich unbehaglich. Schon die Gewächse auf diesem Friedhof wirkten düster – Rhododendron,

Eibe, Wacholder – ganz zu schweigen von den teilweise mit Moos bewachsenen Grabsteinen, die wie Soldaten in Reih und Glied standen.

„Da hinten ist es“, sagte Paul, als er schwer beladen mit einer randvollen grünen Plastikgießkanne endlich wieder auftauchte. „Bei dem Findling an der Backsteinmauer.“ Langsam setzte Yane sich in Bewegung. Mit trotz der Hitze klammen Fingern erwürgte sie den Kornblumenstrauß fast.

Amelie Leonhard
April 1972 – Juli 2004

stand in dunklen Metallbuchstaben auf dem naturbelassenen großen Kieselstein am Kopfende des Grabes. Zumindest nahm Yane an, dass es das Kopfende war. Mit Friedhöfen kannte sie sich nicht aus.

Das Grab von Pauls Mutter sah anders aus als die anderen Gräber. Es lag in einem Winkel, wo zwei halbhohe Backsteinmauern sich trafen, an denen sich Lianen aus wildem Wein hochrankten. Links davon spendeten zwei noch kleine Akazien mit ihren hellgrün gefiederten Blättern Schatten, der das Sonnenlicht filterte und die vielen hundert grauen und weißen Kieselsteine zum Leuchten brachte, die das ganze Grab bedeckten. Auf einem abgesägten Stück Baumstamm stand ein Windlicht aus blauem Glas mit einem niedergebrannten Teelicht und einer kleinen Regenwasserpfütze darin. Den einzigen anderen Farbklecks bildete eine pinkfarbene Kletterrose, die sich um den schlichten Grabstein wand. Yane musste an Dornröschen denken. Ob Pauls Mutter auch nur hundert Jahre schlafen und dann wieder aufwachen würde? Aber das würde Paul dann auch nichts mehr nützen.

Gegenüber dem Baumstamm mit dem Windlicht lag ein schlafender steinerner Löwe auf dem Kies. Paul sah Yanes Blick. „Weil Mama ein Löwenherz hatte", sagte er, stellte die schwere Gießkanne ab und zupfte dem Löwen ein paar vertrocknete Blätter aus dem Schwanz. „Papa sagt, sie war so mutig und tapfer." Er füllte eine ehemalige gläserne Weinkaraffe mit frischem Wasser und verteilte die Kornblumen darin, die schon ein wenig die Köpfe hängen ließen. „Hallo, Mama", sagte er. „Für dich. Frisch gepflückt." Er stellte die Vase neben das Windlicht. „Da kannst du sie am besten sehen. Und das hier ist übrigens Yane. Die kennst du ja schon. Sie wohnt jetzt bei uns und wir bauen zusammen ein Baumhaus."

Yane war verblüfft, wie selbstverständlich und unbefangen Paul mit seiner Mutter sprach. Bei ihr löste der Gedanke an ihre Mutter immer ein Gefühl der Beklommenheit aus. Mit Kieselsteinen im Bauch und, wenn sie ehrlich war, einer Portion Wut. Ihre Mutter war ein Phantom. Ein Phantom ohne Farben, ohne Form und ohne Stimme. „Was man nicht kennt, kann man auch nicht vermissen“, sagte Opa Lollo, und damit war die Sache für ihn erledigt. Aber man konnte doch. Man konnte doch ..., ob man wollte oder nicht.

Ein wenig verlegen begoss Yane die Kletterrose, den wilden Wein und die Akazien. Es war seltsam, das für jemanden zu tun, den man nicht kannte. Sie hoffte, dass sie Amelie Leonhard damit nicht zu nahe trat.

Paul breitete inzwischen die dunkelblaue Picknickdecke auf dem Boden vor dem Grab aus, verteilte Kuchen, Teller und Becher darauf und unterhielt sich dabei unbekümmert mit seiner Mutter. Um nicht zu stören, verzog sich Yane, angeblich um noch mehr Gießwasser zu holen. „Wo bleibst du denn?“, fragte Paul, als sie endlich wiederkam. „Ich dachte schon, du kennst hier noch jemanden und hast einen kleinen Abstecher gemacht.“

„Nein, von meiner Familie liegt hier niemand begraben“, sagte Yane zögernd.

„Wo denn? In Elmshorn? Bist du da manchmal?“

„Nein, nie.“ Yane schenkte sich aus der Saftflasche nach, um Paul nicht ansehen zu müssen.

„Nie? Wer kümmert sich denn dann um das Grab? Dein Opa?“

Yane schluckte. „Neptun.“

„Wer?“

„Der Gott des Meeres.“

Paul starrte sie an. „Spinnst du jetzt, oder was? Hast du vielleicht zu viel Sonne abgekriegt?“

Yane ignorierte ihn. Sie dachte an das Gespräch, das sie vor einiger Zeit mit Opa Lollo geführt hatte. Sie hatte ihm genau die gleichen Fragen gestellt wie Paul jetzt ihr.

Abends hatte sie mit Opa Lollo auf dem grünen Außensofa gesessen. „Was bist du denn heute so zappelig?“, hatte Opa Lollo unwirsch gefragt, nachdem Yane sich zum zehnten Mal mit dem Fuß an dem großen Holzfass abgestoßen hatte, das neben dem Sofa an Deck stand.

„Warum hat mein Papa kein Grab?“, fragte sie ohne weitere Einleitung und ohne Opa Lollo anzusehen. Opa Lollo seufzte.

„Dein Papa war Seemann …“, sagte er nach einer Weile. „Wir haben uns damals gedacht, die See wäre der passende Ort für ihn. Er liegt in der Nordsee begraben.“ Und dann hatte er ihr erklärt, wie so etwas vonstatten ging. „Begraben“ war ein ganz falsches Wort dafür. Das, was Opa Lollo da erzählte, hörte sich mehr nach „bewässert“ an. Yane hatte sich gewundert, dass so etwas erlaubt war.

„Und Mama?“, fragte sie mit kleiner Stimme, wo sie schon einmal dabei war. „War Mama auch Seemann? An ihrem Grab waren wir doch auch noch nie.“ Nun sah sie Opa Lollo doch an. „Der Opa von Alex aus meiner Klasse hat jedenfalls ein Grab. Und die Mama von Paul auch. Und sogar Lauras Kaninchen hat eins, mit Primeln drauf. Und Alex und Paul und Laura können da immer hingehen, wenn sie wollen." Sie schniefte. „Nur ich kann nirgendwo hingehen. Ich kann mir immer nur deine blöden Sterne angucken. Und die sind so weit weg. Und meistens sind auch noch Wolken davor." Sie fing an zu schluchzen. „Weißt du was?", brach es aus ihr heraus. „Die kannst du dir an den Hut stecken, deine dämlichen Sterne. Oder an eine von Oles Mützen." Trotzig wischte sie die Tränen weg. „Was sind das überhaupt für Geschichten, die du mir immer erzählst? Wenn du mir überhaupt was erzählst. Und warum weiß ich so wenig von meiner Mutter?"

Opa Lollo schwieg. Er schwieg so lange, bis Yanes Schluchzen sich in einen Schluckauf verwandelt hatte. „Deine Mutter war kein Seemann", sagte er schließlich. „Sie war eine Meerjungfrau. Oder eine Piratenbraut, das kannst du dir aussuchen. Sie ist dort, wo dein Vater ist. Meerjungfrauen gehören auch zum Meer …" Und das war alles, was Opa Lollo zu dem Thema zu sagen gehabt hatte.

Yane konnte sich nun aussuchen, ob sie lieber eine Mutter haben wollte, die ein Stern war, oder eine, die sich als Meerjungfrau in den dunklen Tiefen der Nordsee herumtrieb. Toll! Yane war es inzwischen egal. Zumindest tat sie so. Für sie war der Grund der Nordsee ebenso weit weg wie die Milchstraße.

„Hallo, bist du noch da?“, fragte Paul und kitzelte sie mit einem Strohhalm im Nacken. Yane zuckte hoch.

„Tschuldigung“, sagte sie und kratzte sich dort, wo der Strohhalm sie gekitzelt hatte. „Ich war gerade woanders.“

„Ach, nee.“ Paul lachte sie an. „Bei deinen Eltern?“

„Meine Eltern sind nicht auf einem Friedhof begraben“, erklärte Yane und ließ eine Handvoll Kieselsteine zwischen ihren Beinen auf die Decke rieseln. „Nicht an Land jedenfalls. Mein Vater war Seemann. Er hat sein Grab in der Nordsee.“

„Aber ich dachte, er ist mit seinem Motorrad …“

„Ist er auch“, schnitt Yane ihm das Wort ab. „Aber danach gab es eine Seebestattung. Auf einem Unterwasserfriedhof.“

„Unterwasserfriedhof?“ Ratlos blickte Paul sie an.

„Ja. Man fährt mit einem Schiff an eine bestimmte Stelle in der Nordsee. Dort wird die Urne ins Wasser gelassen, und man wirft ein paar Blumen hinterher, die dann davondümpeln, bis sie auch untergehen.“

„Das war bestimmt komisch.“ Paul rieb sich die Nase.

„Keine Ahnung, ich war ja nicht dabei. Das heißt, wahrscheinlich doch. Aber ich kann mich nicht erinnern. Ich war noch ein Baby.“

„Und deine Mutter?“

„War eine Meerjungfrau. Oder eine Piratenbraut, was weiß ich. Um sie kümmert sich jedenfalls auch Neptun. Sie wollte bei Jacques sein, sagt Opa Lollo.“

Paul dachte nach. „Dann kannst du sie ja nie besuchen.“

„Brauch ich auch nicht.“ Yane holte sich noch eine Handvoll Steine. „Ich bin ja im Prinzip immer bei ihnen. Weil ich auf dem Wasser lebe. Und die Elbe mündet schließlich in die Nordsee.“ Auf keinen Fall wollte sie von Paul bemitleidet werden. „Außerdem weiß ich sowieso nicht, was ich mit meinen Eltern reden soll“, dachte sie und beneidete Paul um die Worte, die er für seine Mutter hatte, „ich kenne sie ja gar nicht.“

„Wie hieß deine Mutter?“, riss Paul sie aus ihren Gedanken.

„Was? Ach so. Lala.“

„Oh, nee. Gibt’s denn in deiner Familie wirklich keinen mit einem normalen Namen?“

„Doch“, sagte Yane und musste trotz ihrer trüben Gedanken kichern. „Ole und Gertrud. Wahrscheinlich sind die auch sonst am normalsten von allen.“

„Das glaub ich langsam auch.“ Paul piekte mit dem Strohhalm Löcher in die Decke. „Und woher hatte Lala diesen Namen?“

„Den hat sie sich selbst gegeben. Als sie noch ganz klein war und ihren richtigen Namen nicht aussprechen konnte. Später weigerte sie sich dann einfach, auf irgendetwas anderes zu hören. Sie konnte sehr starrköpfig sein, sagt Opa. Lala ist einfach an ihr hängen geblieben. Alle haben sie so genannt. Sogar Jacques. Der hat ‚O-là-là' zu ihr gesagt. Mit der Betonung auf dem letzten ‚a'. Das sagen die Franzosen, wenn ihnen was besonders gut gefällt."

„Na, dann komm jetzt mit, Yane O-là-là, ich glaube, wir müssen heute noch ein Baumhaus sortieren." Paul sprang auf die Füße und zog Yane hoch. „Und du brauchst dringend wieder Elbluft."

Richtfest

Am Montagmorgen waren Yane und Paul die ersten auf der Baustelle. Wie Stella ihnen vorgeschlagen hatte, sortierten sie die einzelnen Baumhausteile nach Nummern. Das hatten sie am Wochenende nicht mehr geschafft, denn den Rest des Samstags und den Sonntag hatten sie auf dem Dachboden und in der ehemaligen Remise nach brauchbaren Utensilien für ihr Baumhaus gestöbert. Aber heute sollte es mit Nils' und Stellas Hilfe endlich weitergehen. Schon bald hatten sie den Hänger bis auf die Dachbalken leer geräumt, von Stella und Nils aber war weit und breit nichts zu sehen. „Wo bleiben die denn bloß?" Yane wischte sich über die Stirn. Der Himmel war bedeckt, aber es regnete nicht. Schnurgerade hingen die Zweige der Weide herab. Es war vollkommen windstill, und obwohl erst zehn Uhr morgens, hing eine drückende Schwüle in der Luft.

„Vielleicht haben sie es sich anders überlegt und schlafen lieber aus", sagte Paul. „Komm, wir schauen mal nach."

Der Restaurant-Parkplatz, der von dem Kieselhof durch eine struppige Weißdornhecke auf einem niedrigen Erdwall getrennt war und gestern voller Autos gestanden hatte, lag verlassen da. Stellas weiße Vorhänge waren noch zugezogen. Aber Nils saß immerhin schon auf den steinernen Stufen zur Restaurant-Küche. Er hatte Ringe unter den Augen und war noch in Boxershorts und T-Shirt. Auf den Knien balancierte er eine Tasse Kaffee. Flop hatte seinen wuscheligen Kopf auf seine Füße gebettet und sah so müde aus wie Nils.

„Hallo, Papa, wo bleibst du denn?"

„Am liebsten hier sitzen bis heute Abend", seufzte Nils und erhob sich mühsam wie ein alter Mann. Er zwinkerte Yane zu. „Geht schon mal vor. In einer Viertelstunde bin ich bei euch."

Das war er auch. „Nicht schlecht", sagte er anerkennend, als er vor der soliden Plattform hoch in der Weide stand. „Da hätte ich ja eigentlich im Bett bleiben können. Ihr braucht mich wohl gar nicht, so wie's aussieht."

„Im Prinzip nicht, aber es geht schneller, wenn du mit anpackst." Aus dem Schilfgürtel tauchte Stella in ihrer Handwerkerkluft und mit dem Werkzeugkasten in der Hand auf. „Außerdem müssen wir jetzt die schwereren Teile nach oben befördern. Ich hoffe, ihr habt alle gut gefrühstückt."

Nils musterte sie interessiert. Sein Schnauz vollführte eine schnelle Aufwärtsbewegung nach links oben und wieder zurück, wie immer, wenn ihn etwas amüsierte. „Jawohl, Chef", sagte er mit einem breiten Lächeln. „Sag mir nur, wo ich anfangen soll."

„Zuerst kommt die Rückwand, das ist der dickste Brocken", antwortete Stella, ohne mit der Wimper zu zucken, und setzte den Werkzeugkasten am Fuß der Leiter ab. „Hast du zwei ordentliche Seile, damit wir eine Art Seilwinde bauen können?"

„Ja, ganz zufällig hab ich die schon mitgebracht." Nils deutete zu Bauer Jensens Hänger, wo zwei kräftige Seile wie ein Lasso aufgerollt über der Anhängerkupplung hingen.

„Na, dann …"

„Na, dann …"

„Na, dann fangen wir doch jetzt einfach mal an", sagte Paul. Und das taten sie.

Bis zum Abend hatten sie es mit vereinten Kräften geschafft, alle vier Wände zu errichten und die Dachbalken festzusetzen. Auch das Geländer rings um die Veranda stand bereits. Nur die Fenster und die Eingangstür fehlten noch und eine neue Ladung Dachpappe, denn die alte war nicht mehr zu gebrauchen gewesen. Aus den biegsamen Zweigen der Weide hatte Yane einen Richtkranz geflochten, der nun an einem Stock befestigt wie ein Adventskranz auf dem Baumhausdach thronte. Stella hatte ihr orangerotes Haarband geopfert, um dem Gebilde mehr Farbe zu verleihen. „Richtfest muss sein", hatte sie gesagt, „das macht man immer, wenn der Dachstuhl steht", und so waren Nils und Paul losgezogen, um aus den Resten des Hochzeitsessens eine ordentliche Richtfestmahlzeit zu zaubern.

Unterdessen räumten Yane und Stella die Baustelle auf, fegten Sand und Sägespäne einfach zwischen den Geländerstäben der Veranda hindurch und deponierten die wenigen verbliebenen Bauteile und den Werkzeugkasten im Hänger, falls es über Nacht regnen würde. Als sie fertig waren, setzten sie sich auf den Rand des Hängers und baumelten mit den Beinen. „Gefällt es dir?", fragte Stella und machte eine Kopfbewegung zum Baumhaus hinüber. Yane nickte.

„Sehr. Ich hab noch nie an Land gewohnt. Außer jetzt die letzten paar Tage bei Paul."

„Du wohnst auf einem Schiff, hat Nils erzählt."

„Ja, mit meinem Großvater."

„Und, magst du das?"

„Geht so. Es ist manchmal ein bisschen einsam. Mein Großvater ist nicht sehr gesprächig."

Stella sah zu Boden. „Und deine Eltern?", fragte sie beiläufig, während sie mit der Fußspitze Muster in den Sand malte.

„Ich habe keine mehr."

Stella blickte auf. „Keinen Vater und keine Mutter?"

„Nein, niemanden", sagte Yane. „Aber das ist nicht

so schlimm. Ich kann mich gar nicht mehr an die beiden erinnern. Mein Opa sagt, das ist am besten so."

Stella machte sich an ihrem Werkzeugkasten zu schaffen und wühlte schließlich ein Taschenmesser heraus. Sie bückte sich nach einem Stück Baumrinde und begann, einen kleinen Schiffsrumpf zu schnitzen. „Als Kind habe ich mir auch immer ein Baumhaus gewünscht. Ein Haus ganz für mich allein."

„Und, hast du dir damals auch eins selbst gebaut?"

„Das ging nicht. Da, wo ich wohnte, gab's keine Bäume. Nur Wasser. Von einem Horizont bis zum anderen."

„Wo hast du denn gewohnt? Auf einer Ölbohrinsel in der Nordsee?"

„Nein." Stella lächelte. „Ganz so schlimm war's nicht. Auf einem Schiff, so wie du. Aber ich hatte meine beiden Eltern noch." Sie klopfte ein paar Rindenspäne von ihrer Latzhose. „Wir lebten auf einem Küstenfrachtschiff. Es war zwar einsam, aber auch schön, so zu leben. Wie ein Seenomade von Ort zu Ort zu reisen, das Zuhause immer dabei wie eine Schnecke. Nur Freunde findet man so keine."

„Musstest du denn nicht zur Schule gehen?", fragte Yane und sah zu, wie Stella allmählich zwei Ruderbänke aus dem Rindenschiffchen schälte.

„Ging ja nicht. Meine Mutter hat mich unterrichtet. Das hat sie gut gemacht, aber so einen Freund wie deinen Paul hätte ich damals auch gern gehabt.“ Stella pustete die Späne von ihrem Schiff und reichte es Yane. „Hier, für dich.“

„Danke.“ Mit den Fingern fuhr Yane sanft über das weiche Holz. Sie hörten, wie sich Stimmen näherten, begleitet von Flops Gebell.

„Da sind sie ja.“ Stella rutschte vom Hänger. Und da erschienen auch schon Paul und Nils aus der bläulichen Dämmerung wie zwei blasse Gespenster. Zwischen sich trugen sie eine hölzerne Weinkiste, die mit allen möglichen Leckereien gefüllt war und deutlich Schlagseite hatte, weil Paul viel kleiner war als Nils. Außerdem hatte Nils sich vier Kissen unter den Arm geklemmt.

„Guten Abend, die Damen. Geht sofort los“, rief er. Sie bugsierten die Kiste die Leiter hinauf, und als Yane und Stella endlich hinterherklettern durften, waren sie beeindruckt. Nils und Paul hatten an alles gedacht.

Als Tisch diente die umgedrehte Weinkiste. Darüber lag ganz vornehm, als handele es sich um ein Restaurant der Spitzenklasse, ein weißes Tischtuch inklusive Stoffservietten. Ein gläsernes Windlicht, das mit Kieselsteinen gefüllt war und eine dunkelrote Kerze beherbergte, sorgte für stimmungsvolle Beleuchtung. Damit es auf dem Verandaboden nicht zu unbequem würde, lagen rund um die Weinkiste verteilt die Kissen. „Wie romantisch.“ Stella ließ sich auf einem der

Kissen nieder und lehnte sich an die Holzwand neben der noch nicht vorhandenen Eingangstür. Nils reichte ihr ein Glas Rotwein. Yane und Paul bekamen zur Feier des Tages je ein Glas Holundersekt.

„Auf euer Baumhaus", sagte Nils. „Möge es Wind und Wetter trotzen und der nächsten Sturmflut. Und möge es viele Feste wie dieses erleben."

„Garantiert", sagte Paul und schnappte sich ein Hähnchenbein. „Los jetzt, Papa, ich bin am Verhungern."

„Die Dachpappe für euer Haus könnt ihr ja vielleicht morgen früh mit Stella im Baumarkt besorgen", sagte Nils ein paar Hähnchenbeine, Lammfilets, Lachsröllchen und Krabbenhäppchen später. „Und gleich zwei, drei Eimer Farbe dazu. Ist das okay für dich, Stella? Ich muss morgen früh zum Weinhändler."

„Ja, kein Problem. Habt ihr Lust, ihr zwei?"

„Klar." Yane kippte vor Müdigkeit fast von der Veranda. Sie fühlte sich so satt und zufrieden, dass sie sich am liebsten gleich an Ort und Stelle in eine Decke gerollt und die Augen geschlossen hätte. Auch Paul hielt das für eine gute Idee.

„Lieber nicht." Nils blickte nach oben, was in der Dunkelheit und mit der Baumkrone zwischen sich und dem Himmel ziemlich sinnlos war. „Es soll heute Nacht noch regnen. Es ist nicht ein einziger Stern zu sehen, geschweige denn der Mond. Wir haben Glück gehabt, dass das Wetter so lange gehalten hat." Er fuhr sich mit der Serviette über den Mund. „Flop bringt euch beide jetzt nach Hause, Stella und ich räumen hier zusammen und packen noch eine Plastikplane über den Dachstuhl. Muss ja schließlich nicht alles vor eurem Einzug noch pitschnass werden."

„Und übernachten könnt ihr hier jederzeit, sobald das Dach gedeckt ist. Das Baumhaus kann euch ja nicht davonlaufen", schmunzelte Stella. „Nicht mehr."

Yane und Paul wankten schließlich mehr die Leiter hinunter, als dass sie gingen, und verschwanden mit Flop Richtung Schilfgürtel im Dunkel.

Nils schenkte Stella noch einen letzten Rotwein ein. Von der anderen Elbseite war schon ein leichtes Donnergrummeln zu hören, das mit dem Tidenwechsel sicher zu ihnen herüberkommen würde. „Danke für deine Hilfe", sagte er. „Ohne dich hätte ich es wahrscheinlich noch nicht mal bis Ende der Sommerferien geschafft."

„Hab ich gern getan", sagte Stella. „Für mich ist heute auch ein Kindertraum in Erfüllung gegangen. Damit hatte ich in diesem Leben nicht mehr gerechnet." Wie jedes Mal war Nils überrascht, wie sehr das Lächeln Stella veränderte. Sie sah plötzlich viel weicher aus und nicht mehr so reserviert, als müsste sie irgendetwas von sich fernhalten. Die ganze Zeit über war sie ihm wie ein Igel vorgekommen, der seine Stacheln ausfährt und sich zur Kugel rollt, sobald er das Gefühl hat, dass jemand ihm zu nahe kommt. Nils spürte, dass sie in einer ganz besonderen Stimmung war und wagte es nicht, sie zu zerstören, indem er sie nach ihrem früheren Leben fragte.

„Und?", sagte er stattdessen, „was baust du nun als Nächstes?"

„Mal sehen."

„Du hast doch bestimmt schon einen Plan."

„Könnte sein." Stella sah ihn an, und selbst im Kerzenschein war zu erkennen, wie ihre Löwenaugen blitzten. „Sag mal, Nils", begann sie unvermittelt, „was ist eigentlich mit Yanes Großmutter?"

„Yanes Großmutter?"

„Na ja, Yane lebt doch bestimmt nicht ganz allein mit ihrem Großvater zusammen."

„Soviel ich weiß doch", antwortete Nils verwundert. „Von einer Großmutter habe ich jedenfalls noch nie etwas gehört."

„Hm." Ohne aufzublicken begann Stella die Teller zusammenzuräumen. Und der Zauber, der in der Luft gelegen hatte, war ebenso plötzlich verschwunden, wie er gekommen war. Genauso wie ihr Lächeln.

Regentage

Am Morgen regnete es Bindfäden. Von dem Gewitter in der Nacht hatten Yane und Paul nichts mitbekommen, aber nun hörten sie schon vom Bett aus, wie der Regen auf den Kies prasselte. Dicke Tropfen hingen wie gläserne Perlen von der Kante der Reetdachgaube, bis sie eine nach der anderen abstürzten und sofort durch neue ersetzt wurden. Ab und zu fegte eine Bö den Regen bis an die Fensterscheibe und holte die ganze wässrige Perlenschnur auf einmal herunter. „Baumarktwetter", sagte Paul und räkelte sich in seinem Hochbett wie ein verschlafener Kater.

„Hoffentlich denkt Stella noch daran." Yane schälte sich aus der Bettdecke und lief zum Fenster, gerade rechtzeitig, um zu sehen, wie die Bauwagentür aufging und ein paar olivgrüne Gummistiefel auf der Treppe erschienen, die unter einem Ein-Mann-Zelt-großen grauen Regenmantel mit Kapuze hervorsahen. Das Ein-Mann-Zelt bewegte sich zügig Richtung Strand und war kurz darauf über den Deich verschwunden. „Was will sie denn bei dem Wetter am Strand? Da ist es doch jetzt total fies und ungemütlich."

„Vielleicht will sie bloß nachsehen, ob die Plastikplane über unserem Baumhaus gehalten hat." Paul richtete sich im Bett auf. „Sie kommt bestimmt gleich wieder."

Doch als Yane und Paul nach einem ausgiebigen Frühstück mit selbst gemachtem Rührei abmarschbereit an der Küchentür warteten, war Stella noch immer nicht zurück.

„Sie hat uns wohl doch vergessen." Yane ließ sich auf den rot gepolsterten Korbsessel fallen, der in einer Nische neben der Tür stand. Aber gerade, als sie missmutig Pauls alte Gummistiefel von ihren Füßen kicken wollte, klopfte es. Draußen stand eine tropfnasse Stella mit einer ganzen Ladung ebenso nasser Fundstücke vom Strand im Arm und zu ihren Füßen.

„Was willst du denn mit diesem ganzen Schrott?", fragte Paul und betrachtete entgeistert die zerbeulte rostige Autofelge, die beiden Treibholzbohlen und den löchrigen Turnschuh, die Stella neben sich deponiert hatte. Stella grinste schief.

„In zehn Minuten hole ich euch ab, okay?", sagte sie bloß.

„Bei Ebbe nach einem Unwetter oder einer Sturmflut findet man die besten Sachen am Strand", erklärte sie ihnen, als sie kurz darauf zu dritt in ihrem heruntergekommenem Kombi saßen, die beiden Kinder auf dem Rücksitz zwischen Werkzeugen, Decken und Stapeln von Zeitungspapier. „Sie haben sich bei Hochwasser irgendwo losgerissen und werden von der Flut dann an ganz anderer Stelle wieder abgesetzt."

„Und was machst du damit?" Paul ließ nicht locker.

„Etwas Neues. Ich möchte Dinge, die ich in der Natur finde und an denen das Leben schon seine Spuren hinterlassen hat, so zusammensetzen, dass etwas ganz anderes daraus entsteht", sagte sie. „Etwas mit einem Eigenleben, mit einem Gesicht."

„Hm, und wozu soll das gut sein? Sollen die alle bei dir einziehen, deine Gesichter?" Paul stellte sich vor, wie Stella in ihrem ohnehin schon engen Bauwagen um einen Zoo aus rostigen Monstern herumturnte, die sie gefräßig angrinsten, wenn sie ins Bett wollte.

„Nein, natürlich nicht. Die möchte ich verkaufen, falls ich mich von ihnen trennen kann. In einer Galerie oder so. Diesen Traum habe ich schon sehr lange. Und ich sammle auch schon sehr lange." Stella lächelte. „Aber mein Vater hat immer gesagt, ich solle was Vernünftiges lernen."

„So was wie Bootszimmermann", sagte Yane.

„Genau. So was wie Bootszimmermann."

„Und du glaubst tatsächlich, dass sich jemand einen alten Auspuff ins Wohnzimmer stellt?" Paul blickte skeptisch.

„Natürlich nicht als Auspuff. Sondern als das, was daraus geworden ist."

„So wie der Treibholzengel neben dem Kaktus in deinem Blumenkasten?“ Yane rutschte nach vorn, stützte die Ellbogen auf die Lehne der beiden Vordersitze und legte ihren Kopf darauf. Von Anschnallen schien Stella noch nie etwas gehört zu haben. Und so etwas wie Sicherheitsgurte gab es auf dem Rücksitz ihres Kombis sowieso nicht.

„Genau.“

„Was macht eigentlich der dicke Kaktus da neben dem Engel? Der passt doch gar nicht zum Rest?“

Stellas Lächeln verschwand wie ausgeknipst. „Den hat mir mal jemand geschenkt, den ich sehr gern gehabt habe. Damals war er nur ein winzig kleiner stacheliger Knubbel. Da vorne ist übrigens der Baumarkt. In drei Minuten sind wir da.“

„Wie kommt es, dass du dich so gut hier auskennst?“, fragte Paul, dem aufgefallen war, dass Stella kein einziges Mal nach dem Weg gefragt hatte. „Du bist doch fremd hier?“

„Wie kommst du darauf?“

„Na, wegen des Nummernschilds an deinem Auto. Das ist doch ein ausländisches.“

„Stimmt“, meinte Stella. „Ich habe die letzten Jahre in Frankreich gelebt. Aber diese Gegend hier kenne ich noch von früher.“

„Hast du dort das Bootsbauen gelernt? In Frankreich?“

„Ja, in einer kleinen Werft, die auf den Bau von Holzyachten spezialisiert war."

„Ist es schön in Frankreich?"

„Ja, sehr schön. Dort gibt es einfach alles: Berge, den Atlantik, das Mittelmeer, Lavendelfelder und große Städte. Aber die großen Städte mag ich nicht so. Dort ist es mir immer zu voll."

„Ich würde da auch gern mal hinfahren", sagte Yane. „Mein Papa war Franzose." Gedankenverloren blickte sie durch die verschwommene Windschutzscheibe, wo die Scheibenwischer vergeblich gegen die Wassermassen von oben ankämpften. „Er kam aus der Bretagne. Manchmal besuche ich ihn dort."

„Du besuchst ihn?" Von der Seite konnte Yane sehen, wie Stella eine Augenbraue hochzog.

„Ja, auf seinem Motorrad."

„Das gibt es noch, das Motorrad?"

„Was?"

„Na ja, ich meine, ich dachte …" Am liebsten hätte Stella sich nachträglich auf die Zunge gebissen, doch die Worte waren heraus, „… es gab doch einen Unfall."

„Woher weißt du das?"

„Hat Nils mir erzählt."

Yane schwieg. Sie mochte es nicht, wenn Erwachsene sich über sie unterhielten. Vor allem nicht solche, die sie gar nicht richtig kannten.

„Ja, es gab einen Unfall", sagte sie nach einer Weile.

„Aber das Motorrad haben wir behalten. Es steht in Chocolats Unterstand. Chocolat ist unser Esel, falls du das nicht auch schon weißt. Er hat mal meiner Mutter gehört." Stella bremste scharf und bog so abrupt nach links auf den Parkplatz des Baumarktes ein, dass Yane und Paul unsanft gegeneinander kippten. Als sie wieder hochkamen, hatte Stella das Auto geparkt und den Motor ausgeschaltet.

„Da wären wir", sagte sie. „Alle Mann aussteigen."

Es herrschte eine merkwürdige Stimmung zwischen ihnen, während sie die einzelnen Gänge des Baumarkts auf- und abliefen und in den hohen Regalen nach den Dingen suchten, die sie für das Baumhaus noch brauchten. Weder Yane noch Stella fühlten sich wohl in ihrer Haut. Etwas Unausgesprochenes hing zwischen ihnen in der Luft, und da weder die eine noch die andere daran dachte, es auszusprechen, klebte es zäh wie ein alter Kaugummi zwischen ihnen fest. Yane nahm es Stella übel, dass sie mehr über sie zu wissen schien, als sie selbst ihr erzählt hatte. Und Stella hatte das ungute Gefühl, das zaghafte Vertrauen, das Yane ihr entgegenbrachte, wieder zunichte gemacht zu haben. Jede für sich klappte ihre Schale zu wie eine Auster und zeigte der Außenwelt nur die raue undurchdringliche Oberfläche. Paul wusste nicht so recht, was los war, doch aus Solidarität mit Yane sagte auch er nicht viel.

Nach einer Dreiviertelstunde luden sie schließlich drei Eimer hellblaue Farbe, Pinsel, Farbrollen, mehrere Rollen Dachpappe und eine dicke Lage Schleifpapier in Stellas Auto. Den ganzen Rückweg über schwiegen sie und taten, als würden sie dem Geplapper im Radio zuhören. Erst Nils und Flop, die zu Hause ihre Ausbeute interessiert in Augenschein nahmen, gelang es, wieder eine Art Gespräch in Gang zu bringen.

Der Regen hatte etwas nachgelassen, aber es machte keinen Sinn, heute noch etwas an ihrem Haus zu tun. Es war einfach zu nass. Auch die beiden folgenden Tage brachten keine Wetterbesserung. Sie mussten sich darauf beschränken, regelmäßig die Plastikplane zu entleeren, die vorläufig als Dach diente, und darauf zu warten, dass die Sonne sich wieder herauswagte.

Yane war enttäuscht. So gern wäre sie noch länger bei Paul geblieben und hätte zusammen mit ihm hoch oben in der Weide übernachtet. Die Aussicht, nun wieder zu Opa Lollo auf die Sankt Pauli zurückkehren zu müssen, erfüllte sie nicht gerade mit Vorfreude. Aber es nützte nichts, ihre Woche bei Paul war um.

„Dein Opa freut sich bestimmt schon auf dich, Yane", sagte Nils am Donnerstagmorgen beim Frühstück.

„Hm." Yane bezweifelte das. „Wahrscheinlich hat er inzwischen vergessen, dass es mich überhaupt gibt. Er hat kein einziges Mal angerufen, um zu hören, wie's mir geht."

„Ach, was", mischte Paul sich ein und köpfte mit Schwung sein Frühstücksei. „Mach ihn nicht schlechter, als er ist. Bestimmt wollte er dich einfach nur in Ruhe die Ferien genießen lassen. Außerdem hast du ihn auch nicht angerufen." Mit dem Zeigefinger versuchte er, das Eigelb aufzuhalten, das außen an der Schale herunterlief und aufs Tischtuch tropfen wollte. „Und übermorgen besuch ich dich sowieso wieder, wenn du willst. Einen Tag muss ich mich von dir erholen." Nils sah seinen Sohn liebevoll an, während Yane ihm eine Grimasse schnitt.

„Weißt du was, Yane, du kommst einfach wieder, sobald das Wetter besser ist", sagte er. „Ich rede mit deinem Opa, und dann hängst du noch eine oder zwei Wochen Ferien bei uns dran. Oder Paul bleibt ein paar Tage bei euch, wenn dein Opa einverstanden ist."

Das munterte Yane ein wenig auf. Nach dem Frühstück sammelte sie ihre Siebensachen zusammen, die inzwischen weiträumig über das ganze Haus verstreut waren. Ihren Kescher und das Fahrrad ließ sie da. Als Pfand sozusagen.

Am Nachmittag fuhren Paul und Nils sie in ihrem lavendelblauen Oldtimer nach Hause zurück. Nils sprach mit Opa Lollo, während Yane und Paul ihre Habseligkeiten an Bord brachten. Aus den Augenwinkeln sah Yane, wie Opa Lollo lachte und nickte. Sie wunderte sich, aber vor allem freute sie sich darüber. Opa Lollo schien Nils zu mögen. Vielleicht würde es ja klappen mit einer weiteren Woche oder so bei Paul. Opa Lollo und Yane lehnten an der Reling und winkten Nils und Paul nach, als sie kurz darauf im Nieselregen über den Feldweg davonrumpelten.

„Und?“, fragte Yane, als sie am Abend im Schlafanzug bei Opa Lollo auf dem Cordsofa im Salon saß. „Warst du froh, mich für eine Weile los zu sein, oder hab ich dir gefehlt?“

Umständlich stopfte Opa Lollo seine Pfeife. Das war genau die Art Frage, die er nicht mochte. Eigentlich waren es nämlich zwei Fragen in einem Satz, die sich nicht einfach mit Ja oder Nein beantworten ließen, weil das eine Ja oder Nein dem anderen widersprochen hätte. Yane schien eine Vorliebe für solche Doppelfragen zu haben, die ihm zwangsläufig einen ganzen Satz entlocken mussten.

„Doch“, sagte er schließlich und musste wider Willen ein bisschen schmunzeln. „Schon.“ Er machte eine Pause, rollte drei Tabakkrümel zu einem Kügelchen, die auf seine Hose gefallen waren, und drückte sie zu den anderen in die Pfeife. „Du hast mir gefehlt.“ Er ließ die Pfeife sinken und lächelte sie zaghaft an. „Mehr als mir lieb ist“, dachte er. Mit der freien Hand wuschelte er ihr durchs Haar, so wie Nils das bei Paul gemacht hatte. „Vor allem deine vielen Fragen habe ich vermisst. Aber dafür hab ich jetzt eine: Wie war's denn so bei Paul? Erzähl mal von deiner Woche Ferien von Opa."

Zum ersten Mal, seit sie ein kleines Kind gewesen war, kuschelte Yane sich an Opa Lollo. Sie zog die rostrot karierte Decke über die Beine und erzählte von Paul, Nils, Stella, Flop und dem Baumhaus.

„Stella?", fragte Opa Lollo, und seine Stimme klang dabei merkwürdig rau, als habe er einen Frosch im Hals. „Pauls Mutter heißt Stella?"

„Aber nein, Opa. Paul hat keine Mutter mehr. Genau wie ich, das weißt du doch. Stella ist die neue Hilfe in Nils' Restaurant. Manchmal ist sie ein bisschen komisch, aber sie kann super Baumhäuser bauen. Komm doch einfach mal mit zu Paul. Dann zeig ich's dir." Yane gähnte wie ein Löwe. Dann rutschte sie nach unten, bis sie mit dem Kopf auf Opa Lollos rechtem Bein lag, rollte sich zusammen und schlief von einer Sekunde auf die andere ein. Opa Lollo deckte sie zu bis zum Kinn, legte den Arm um sie und dachte an ein anderes kleines Mädchen mit blonden Strubbelhaaren, das sich früher auf genau die gleiche Weise neben ihm zusammengerollt hatte. Und das er so sehr vermisste, dass er sich seit Jahren davor fürchtete, seine Enkeltochter Yane ebenso lieb zu haben wie dieses kleine Mädchen. Und sie vielleicht ebenso zu verlieren. Yanes Mutter. Seine Tochter.

„Mach ich", sagte er leise, und ein feuchtes, salziges Etwas bahnte sich seinen Weg über die stoppeligen Wangen und tropfte in Yanes Haar. „Mach ich. Ich schau mir euer Baumhaus mal an."

Vielleicht war es an der Zeit, endlich mit dem Fürchten aufzuhören, dachte Opa Lollo. Es machte nämlich gar keinen Sinn mehr, sich zu fürchten. Das war ihm in dieser einen Woche ohne Yane ganz klar geworden. Längst hatte er sie so sehr in sein Herz geschlossen wie ihre Mutter Lala, ob er wollte oder nicht.

Zusammen saßen sie auf dem Sofa, bis Opa Lollos Pfeife gegen zwei Uhr morgens erlosch.

Ausflug mit Opa

Als Yane am nächsten Morgen erwachte, brauchte sie eine Weile, um zu begreifen, wo sie sich befand. Sie hatte geträumt, sie habe zusammen mit Paul im Baumhaus übernachtet. Ohne Dach, ohne Geländer, ohne alles. Aber hier gab es eindeutig ein Dach aus Holz, und zwar von der gleichen Farbe wie Opa Lollos Cognac. Also, nix Baumhaus. Und Pauls Zimmer war das auch nicht. Ebenso wenig wie ihr eigenes. Sie rieb sich die Augen, strampelte die Wolldecke beiseite und setzte sich auf. Es roch nach kaltem Pfeifenrauch. Sie musste gestern bei Opa im Salon eingeschlafen sein. Im Sonnenlicht, das durch die Fenster fiel, tanzten winzige Staubteilchen. Typisch. Jetzt, wo sie wieder auf der Sankt Pauli war, schien natürlich die Sonne. Yane sprang auf. „Opa, wo bist du?" Sie erinnerte sich an den gestrigen Abend und ein ungewohntes Gefühl breitete sich in ihr aus und kroch bis in den letzten Winkel ihres Körpers. Sie war wieder zu Hause. Zu Hause bei Opa Lollo. So gut hatte sich das noch nie angefühlt.

Mit einem Satz war sie auf und an Ole vorbei, nicht ohne ihm Opa Lollos schwarze Baskenmütze über die listig funkelnden grünen Augen zu ziehen. „Guck nicht so fies“, sagte sie zu ihm und kletterte schwungvoll den Niedergang hinauf auf die Gangway, um nach Opa Ausschau zu halten. Mit einem scheppernden Zinkeimer in der Hand lief er über Chocolats Weide. Sie blinzelte ins Sonnenlicht und winkte ihm zu, und Opa Lollo winkte zurück. Yane formte ihre Hände vor dem Mund zu einem Trichter. „Was hältst du von Rührei mit Schinken zum Frühstück?“, rief sie. Opa Lollo reckte den Daumen nach oben zum Zeichen, dass er einiges davon hielt. Yane sauste davon Richtung Kombüse, wie die Küche auf einem Schiff genannt wird. Noch im Schlafanzug nahm sie sich die Eier vor.

„Hm, das war lecker“, sagte Opa Lollo zufrieden, als sie wenig später ihre Mahlzeit unter der Markise an Deck beendeten. „Und was machen wir jetzt?“

„Wie, was machen wir jetzt?“ Solche Fragen war Yane von ihrem Opa gar nicht gewöhnt.

„Na, du hast doch immer noch Ferien“, sagte Opa Lollo, „oder täusche ich mich?“

„Ehm, ja.“ Yane hatte keine Ahnung, worauf Opa hinauswollte.

„Und in den Ferien macht man Ausflüge. Das war schon immer so.“

„Ach ja?“ Bei Yane war das nie so gewesen. Und sie ging nun seit einer ganzen Weile in die Schule und hatte schon öfters Ferien gehabt.

„Was hältst du zum Beispiel von einer kleinen Spritztour nach Glückstadt?“

Yane wusste nicht, was sie von Opa Lollo halten sollte. Hatte er gestern Abend etwa zu viel Cognac getrunken? Aber sie konnte sich nicht erinnern, eine Flasche auf dem Sofatisch gesehen zu haben. „Viel“, sagte sie vorsichtig, „aber womit sollen wir denn eine Spritztour machen? Fürs Schlauchboot ist Glückstadt zu weit. Und Auto haben wir keins.“

„Nein, das haben wir nicht.“ Opa Lollo kratzte sich an seiner Baskenmütze. „Aber wir haben ein prima Motorrad.“

Ungläubig sah Yane ihn an. „Mo… Motorrad“, stotterte sie. „Du kannst Motorrad fahren?“

„Na klar, was denkst du denn. Ich kann ein Riesenschiff fahren. Da werde ich doch mit so einem lächerlichen Motorrad klarkommen. Nur mit dem Auto hab ich es noch nie probiert. Autofahren kann ja jeder.“

„Aber glaubst du denn, Jacques’ Motorrad fährt noch?“

„Na sicher fährt das noch. Wahrscheinlich muss ich bloß die Zündkerzen wechseln. Weißt du was, ich schau mir das gleich mal an.“ Er warf einen Blick auf ihren Schlafanzug. „Und du könntest dich vielleicht schon mal ausgehfein machen.“

Wenn jemand Yane vor einer Woche prophezeit hätte, sie würde mit ihrem Opa Lollo in den Ferien eine Motorrad-Tour nach Glückstadt machen, sie hätte sich an die Stirn getippt und gesagt „du spinnst ja wohl“. Doch nun klemmte sie mit einem leuchtend roten Motorradhelm auf dem Kopf auf dem schwarzen Ledersitz hinter Opa Lollo, hatte die Arme um seinen Bauch geschlungen und brauste über die Landstraße nach Glückstadt. War das toll! Opa Lollo fuhr Motorrad, als habe er in seinem Leben nie etwas anderes getan. Die Zipfel seines roten Halstuchs wehten unter seinem kugeligen altmodischen Helm im Fahrtwind, und Yane spürte förmlich, wie er die Fahrt genoss.

Irgendetwas musste mit Opa passiert sein, während sie weg gewesen war. Aber sie hatte keine Ahnung, was. Vielleicht gab es sie ja doch, die guten Feen aus den Märchen. Und eine davon hatte Opa Lollo eine ordentliche Portion Zaubertrank in seinen Morgenkaffee geschüttet, der ihn vollkommen verwandelt hatte. Ob aus Versehen oder mit Absicht war Yane komplett egal. Hauptsache, es funktionierte und die Wirkung hielt möglichst lange an.

Es funktionierte großartig. Sie bummelten durch Glückstadt, Yane aß im Restaurant „Der Kleine Heinrich“ einen großen Eisbecher mit Sahne und Schokostreuseln darauf, und Opa Lollo probierte zum ersten Mal in seinem Leben Spaghetti-Eis mit Erdbeersauce.

„Gar nicht übel", lachte er, „obwohl das Zeug aussieht wie gefrorene Würmer."

Hätte jemand die beiden beobachtet, so wie die rot gelockte ältere Dame in der Jeansjacke, die mit ihrem Rudel Hunde ein paar Tische weiter saß, so hätte er sich womöglich mit ihr gefreut über dieses nette Opa-Enkelin-Gespann. Man konnte sehen, dass die zwei sich wohlfühlten miteinander. Das Mädchen erzählte irgendetwas und gestikulierte dabei wild mit dem Eislöffel durch die Luft. Der Opa schmunzelte ab und zu und bemühte sich, keine Schokostreusel abzubekommen. Nach einer Weile zahlten sie und gingen. „Schade", dachte die Dame, legte das Geld für den Kellner auf den runden Bistrotisch, wickelte ihre vierbeinige Gesellschaft vom Tischbein und erhob sich. „Ich hätte den beiden gern noch ein wenig zugesehen."

Yane und Opa Lollo machten noch einen Abstecher über das Schleusentor zum Sportboothafen. Am Hafenkiosk gab es für Yane noch eine Riesencurrywurst mit Pommes. Und auf dem Rückweg erstand Opa Lollo in einer Werkstatt einen neuen rechten Spiegel für Jacques' Motorrad, den er auch gleich montierte, bevor sie wieder losfuhren.

Erstaunlich behände für sein Alter schwang Opa Lollo sich auf den Motorradsitz. Yane kletterte hinter ihn, drehte den Kopf zur Seite und schmiegte sich an den Rücken ihres Großvaters, so gut es mit dem sperrigen Helm auf dem Kopf ging. Ob dieser Helm wohl ihrer Mama gehört hatte? Und der schwarze, den Opa aufhatte, war das derjenige, den ihr Papa Jacques bei seiner letzten Fahrt nicht getragen hatte? Yane fröstelte ein wenig bei dem Gedanken, und sie drückte sich noch enger an Opa Lollo. Ein bisschen sahen sie aus wie ein frisch verliebtes Paar, als sie Glückstadt verließen und sich auf den Heimweg machten. Irgendwie waren sie das ja auch, dachte Yane.

„Aber jetzt nicht einschlafen auf dem Rücksitz“, rief Opa Lollo durch den Motorenlärm hindurch. „Das ist hier kein Auto.“

„Ganz bestimmt nicht“, lachte Yane. „Sonst verpasse ich ja alles.“

Auf der Landstraße träumte sie mit offenen Augen. Sie fuhr in die Bretagne – zu ihrem Papa, wie sie es schon so oft heimlich in Chocolats Stall getan hatte. Nur diesmal wehte ihr der Fahrtwind in echt um die Ohren. Sie sah die schroffe Felslandschaft in der Sonne vor sich liegen, die sie einmal in einem Bildband in der Bücherhalle gesehen hatte, die weiten Strände mit dem feinen Sand und den Muscheln, die an das Markenzeichen der gelbroten Tankstelle erinnerten, an der sie heute Morgen vorbeigekommen waren. Und dort hinten glitzerte lilaorange das Meer in der Abendsonne wie auf einer kitschigen Postkarte.

Yane hätte ewig so weiterfahren können, doch als Opa Lollo plötzlich das Tempo drosselte und sie auf ihrem Sitz von den Unebenheiten des Bodens durchgerüttelt wurden, wusste sie, dass sie fast zu Hause waren. Widerwillig erwachte sie aus ihrem Tagtraum.

Sie brachten das Motorrad in den Unterstand auf Chocolats Weide und deckten es mit der grünen Plane zu. Früher hatte es darunter immer ausgesehen wie ein großes grünes Tier, dem das rechte Ohr fehlte. Jetzt sah es aus wie ein großes grünes Tier, dem nichts mehr fehlte.

Auf dem Weg zur Sankt Pauli reichte Yane ihrem Opa den roten Helm. „War das Mamas?", fragte sie.

Opa Lollo nickte. „Ja, das war Lalas Helm. Sie hat ihn nie wieder aufgesetzt, nachdem … nachdem …" Yane schob ihre kleine Hand in Opas große.

„Das war ein wunderschöner Ausflug heute, Opa", sagte sie. „Der schönste, den ich je gemacht habe."

Opa Lollo drückte ihre Hand. „Das will was heißen", sagte er, „wo wir beide doch andauernd unterwegs waren in den letzten Jahren, was?" Er zwinkerte ihr zu.

Yane fiel etwas ein. „Geh du schon mal vor, Opa", sagte sie. „Ich komme gleich nach." Und dann lief sie über Chocolats Wiese und pflückte in der Abendsonne einen großen Strauß gelber Butterblumen für ihren Großvater. Sie sahen aus wie ein Bündel kleiner

Sonnen. Oder kleiner Sterne. Yane entschied sich für Sonnen. Ein bisschen Sonne in seinem Leben konnte Opa Lollo gut gebrauchen. Sterne hatte er genug.

Das Bild

Es war sehr lange her, dass Yane Opa Lollos Zimmer betreten hatte. Es lag auf der rechten Seite des schmalen Gangs, der vom Niedergang Richtung Heck führte, schräg gegenüber von ihrem eigenen Zimmer. Sie hatte eigentlich immer das Gefühl gehabt, dass Opa allein sein wollte, und es nie gewagt, ihn zu stören, wenn er sich dorthin zurückgezogen hatte.

Behutsam öffnete Yane die Tür. Nichts hatte sich verändert, seit sie das letzte Mal hier gewesen war. Vor über zwei Jahren, an Opa Lollos einundsechzigstem Geburtstag. Barfuß, im Schlafanzug und mit einer roten Kerze in der Hand hatte sie damals an Opa Lollos Tür geklopft, den Türknauf gedreht und angefangen, ein Geburtstagslied für ihn zu singen. Opa Lollo schien sich darüber nicht sonderlich zu freuen. „Offenes Feuer an Bord eines Schiffes ist gefährlich", hatte er gemault. „Überhaupt, was sind das denn für neue Sitten? Heute ist ein Tag wie jeder andere." Und damit hatte er die Bettdecke zurückgeworfen, die Beine über den Bettrand geschwungen und sie ungnädig angesehen.

Ebenso enttäuscht wie erschrocken hatte Yane die

Kerze auf den Boden geworfen und war schluchzend davongelaufen zu ihrem Duckdalben. Ob sie damit die Sankt Pauli in Brand gesetzt hatte oder nicht, war ihr in dem Augenblick vollkommen egal. Warum bloß behandelte ihr Großvater sie immer so schroff? Sie hatte es doch nur lieb gemeint. Konnte er sich nicht einfach mal über etwas freuen? Schließlich war es nicht ihre Schuld, dass niemand Besseres da war, um ihm zum Geburtstag zu gratulieren. Zum Beispiel ihre Mutter oder ihre Großmutter oder Jacques.

Yane erinnerte sich nur ungern an diesen Tag zurück. Sie hatte nicht einmal gesehen, wie Opa Lollo das Geschenk ausgepackt hatte, das sie auf dem Geburtstagstisch neben seinem Teller deponiert hatte, zusammen mit einem lila Fliederstrauß, den sie am Tag zuvor für ihn gepflückt hatte. Und ob er es überhaupt ausgepackt hatte. Als sie sich endlich wieder an Bord hatte blicken lassen, war das Päckchen samt Geschenkpapier verschwunden gewesen.

Yane sah sich um. Von dem großen Doppelbett, das er mit Oma Fritzi geteilt hatte, hatte Opa Lollo sich noch immer nicht trennen können. Allerdings hatte er es ganz in die Ecke des Zimmers geschoben und zur Hälfte in eine Art Bücherregal umfunktioniert. Der Rest des Zimmers bestand aus einem schmalen Kleiderschrank gleich links neben der Tür, Opas Nachttisch und einem altmodischen hölzernen Drehstuhl mit Ledersitz, der vor einem Sekretär mit acht kleinen Schubladen stand.

Yane stellte die Blumen auf Opa Lollos Nachttisch, sodass er sie auf keinen Fall übersehen konnte. Schräg von Westen fiel durch die beiden Bullaugen das rosa-orangefarbene Abendlicht in den Raum und beleuchtete eine Fotografie, die in einem silbernen Rahmen auf dem Sekretär stand. Der Rahmen reflektierte das Licht und schien rosarot zu glühen. Zuerst konnte Yane deshalb nicht erkennen, was sich auf dem Bild befand. Sie trat näher und erschrak. Sie sah etwas, was sie offensichtlich nicht sehen sollte. Denn sonst hätte Opa ihr das Bild doch schon früher einmal gezeigt, oder? Sie wusste nicht, was sie davon halten sollte: Die Fotografie zeigte einen jungen Opa Lollo neben einer Frau mit leuchtend roten Haaren. Er hatte einen Arm um sie gelegt, und die zwei strahlten in die Kamera. In der Mitte vor ihnen lehnte sich ein Mädchen an die beiden, etwa so alt wie Yane. Es hatte ein Eis am Stiel in der Hand, und schokoladenfarbene Eiskrem tropfte daran hinunter. Das Mädchen lachte Yane aus blauen Augen an, und ihr wurde davon ganz komisch im Bauch. Sie hatte das Gefühl, eine Kopie von sich selbst zu sehen.

In dem Augenblick, als sie nach dem Bild griff, hörte sie das Klicken des Türknaufs. Yane fuhr herum und stieß dabei das Bild um. Sie hörte Glas splittern.

In der Tür stand Opa Lollo und starrte sie an. Aus weit aufgerissenen Augen blickte Yane ihrem Großvater ins Gesicht. Ein paar Sekunden lang, die Yane wie ein paar Jahre vorkamen, schienen beide die Luft anzuhalten. Schließlich löste Opa Lollo sich aus seiner Erstarrung, ging auf Yane zu und stellte das Bild wieder auf. Ein Riss lief von einer Ecke zur anderen quer über das Glas und teilte das Foto in zwei Teile.

„Ich habe es letzte Woche beim Aufräumen in einer Kiste gefunden", sagte Opa Lollo und strich mit dem Finger vorsichtig über den Riss. „Ich wollte es dir heute Abend zeigen."

„Ich wollte dir eigentlich nur ein paar Blumen bringen", erwiderte Yane zusammenhanglos. Sie wusste nicht, ob sie ihm glauben sollte.

„Das ist Lala." Opa Lollo hielt Yane die Fotografie hin. „Deine Mutter. Und das dahinter ist deine Großmutter." Er räusperte sich. „Na, und mich wirst du ja wohl erkannt haben." Yane nickte stumm. Erst jetzt bemerkte sie das kleine hölzerne Schiff mit dem verwischten roten Namenszug, das neben dem Bild stand. Es war die kleine Sankt Pauli, die sie für Opa Lollo zum einundsechzigsten Geburtstag gebaut hatte. Daneben stand das Holzmodell eines Frachtschiffs, das offensichtlich ebenfalls von Kinderhand gebaut worden war. „Stella Maris" stand in leuchtend grünen Buchstaben am Rumpf. Stern des Meeres.

Yane war sehr schweigsam an diesem Abend, und obwohl ihr tausend Fragen auf der Seele brannten, ging sie früh zu Bett. Gedankenverloren schlüpfte sie zu ihrem Koala-Kuschelbären unter die geblümte Decke. Dass ihre Schlafanzughose noch quer über der hellblauen Nachttischlampe hing und sie ihre geringelten Socken anbehalten hatte, bemerkte sie gar nicht.

Es war so ein herrlicher Tag gewesen mit Opa Lollo. Ein Tag wie eine Wundertüte. Motorrad fahren, Eis und Currywurst essen, Blumen für ihn pflücken und nach Hause kommen auf die Sankt Pauli. Zum ersten Mal in ihrem Leben hatte Yane das Gefühl gehabt, mit ihm reden zu können. Er hatte ihr zugehört, und ihr war ganz frei und leicht zumute gewesen, als sei ein Gewicht von ihrem Herzen gepurzelt, das sie störte, seit sie denken konnte. Und an das sie sich dennoch fast schon gewöhnt hatte.

Trotzdem hatte sie jetzt so ein komisches Gefühl im Bauch. Sie wusste auch, warum: Die Wundertüte war geplatzt. Das letzte Wunder an diesem Tag war zu plötzlich gekommen, und es war zu groß gewesen. Mehr ein Schock als ein Wunder. Die Fee, die ihren Großvater verwandelt hatte, war wohl noch eine Anfängerin. Sonst hätte sie es nicht gleich so übertrieben und ihr auch noch das Foto von ihrer Mutter und ihrer Großmutter vor die Nase gestellt, das es angeblich gar nicht gab.

Yane kam sich vor wie der Tollpatsch im Märchen, der sich entweder zu viel auf einmal gewünscht oder seine Wünsche in der falschen Reihenfolge geäußert hat und am Schluss mit leeren Händen dasteht. Nur dass ihre Hände zu voll waren. Es war alles zu viel auf einmal.

Vor allem das Foto von Lala und ihren Eltern. Fröhlich sahen sie aus. Wie eine glückliche Familie. Eigentlich hätte sie sich darüber freuen müssen, aber es gelang ihr nicht. Etwas störte sie daran. War sie etwa eifersüchtig? Auf ihre eigene Mutter? Weil sie im Gegensatz zu ihr, Yane, eine richtige Familie gehabt hatte. Quatsch! Yane verbot sich, so etwas zu denken. Aber irgendetwas stimmte trotzdem nicht. Was bloß? War es wahr, dass Opa Lollo die Fotografie gerade erst wieder gefunden hatte – in der Woche, die sie bei Paul verbracht hatte? Oder hatte sie all die Jahre über auf dem Sekretär gestanden und war der Grund dafür, dass Opa Lollo in seinem Zimmer keinen Besuch von ihr wünschte? Yane war sich nicht sicher. Sie hatte das Gefühl, das Bild hatte schon sehr lange auf Opa Lollos Sekretär gestanden. Oder anderswo, wo sie es nicht hatte sehen können. Und wenn das stimmte, dann hatte Opa sie angelogen. „So was will ich aber nicht von dir denken, Opa“, murmelte Yane zu sich selbst. Dabei riss sie ihrem Koala fast das linke Ohr ab, ohne es zu bemerken.

Es fühlte sich nicht gut an, plötzlich so viele Fragen zu haben, die sich im Kopf zu einem dicken Knoten schlangen, sodass man Angst bekam, er müsste davon platzen. Und dazu lauter Antworten, die alle nicht zueinander passen wollten. Es war, als würde einem der Boden unter den Füßen weggezogen, sodass man nicht mehr wusste, wo oben und unten war.

Yane wünschte, sie hätte mit dem Butterblumenstrauß wenigstens bis morgen früh gewartet. Dann hätte sie den Opa-Wunder-Tag noch ein bisschen länger genießen können. Aber jetzt …

Sie versuchte, die unschönen Gedanken zu vertreiben, indem sie an etwas anderes dachte. Das Schiff, zum Beispiel. Ihre selbst gebaute kleine Sankt Pauli. Sie hatte Opa Lollo offensichtlich doch etwas bedeutet – auch wenn er sich nie dafür bedankt hatte –, sonst hätte sie nicht direkt neben dem Bild von seiner Familie gestanden. Yane musste lächeln. Anscheinend hatte sie die gleiche Idee gehabt wie vor vielen Jahren Lala. Denn von wem sonst konnte dieses andere Schiff auf dem Sekretär stammen, wenn nicht von ihr. Die Stella Maris war der Frachter gewesen, mit dem Opa Lollo und seine Familie jahrzehntelang die Nordseeküste auf- und abgeschippert war. Die Sankt Pauli hatte Opa Lollo erst gekauft, als er die Seefahrt aufgegeben und sich mehr oder weniger an Land niedergelassen hatte. So viel immerhin hatte er ihr erzählt.

Und dass Stella Maris Lateinisch war und „Stern des Meeres“ bedeutete. Zum wievielten Geburtstag er sie wohl geschenkt bekommen hatte? Zum einundvierzigsten? Oder zum dreiundvierzigsten? Vielleicht war sie ja auch ein Weihnachtsgeschenk für Oma und Opa gewesen. Yane versuchte, sich Oma Fritzi, Opa Lollo und Lala unterm Weihnachtsbaum vorzustellen. Mit elektrischen Kerzen natürlich, weil offenes Feuer an Bord ja verboten war. Ein solches Weihnachtsfest hätte sie sich auch einmal gewünscht.

Sie fing an zu weinen, und darüber schlief sie mit einem nassen Koala im Arm endlich ein.

Das Zimmer

Am nächsten Morgen wurde Yane durch lautes Klopfen an ihrer Zimmertür geweckt. Bevor sie „herein" sagen oder überhaupt einen Ton hervorbringen konnte, steckte Paul den Kopf ins Zimmer. „Moin, du Schlafmütze."

„Mensch, Paul. Dich hab ich ja ganz vergessen." Mit einem Ruck setzte Yane sich auf, und Tom, ihr Koala, kullerte auf den Boden.

„Sehr freundlich. Das ging ja schnell." Paul sah sie gespielt vorwurfsvoll an. „Kaum siehst du mich einen Tag mal nicht, vergisst du schon, dass es mich überhaupt gibt." Er ließ sich in Yanes Sitzsack fallen, der darauf ein Geräusch von sich gab wie gemahlene Glassplitter. „Und dein Opa hat auch ganz schön erschrocken geguckt, als er aus der Tür hinter dem Niedergang kam und mich vor sich stehen sah. Ich hatte draußen schon dreimal die Schiffsglocke geläutet, aber als keiner kam, bin ich einfach reingekommen."

„Opa kam aus der Tür hinter dem Niedergang?" Yane war plötzlich hellwach.

„Ja, aus der mit dem Regal davor. Ganz schön umständlich, wenn du mich fragst, jedes Mal das Regal beiseite zu räumen, wenn man da rein will. Was ist da überhaupt drin?“

„Keine Ahnung, ehrlich gesagt.“ Yane runzelte die Stirn und versuchte sich zu erinnern. „Opa sagt, bloß eine Rumpelkammer.“

„Sah irgendwie nicht nach Rumpelkammer aus.“ Paul boxte den Sitzsack so zurecht, dass er aussah, als habe er Ohren. „Es sei denn, ihr sammelt alte Betten.“

„Alte Betten?“

„Ja, ich glaub, da stand ein Bett drin.“

„Ein Bett?“

„Sag mal, hörst du schwer? Ja, ein Bett, mit einer gestreiften Decke drauf. Sah fast aus, als würde da jemand wohnen.“

„Wohnen? Quatsch! Wer sollte denn bei uns wohnen? Der Klabautermann vielleicht?“

„Weiß ich doch nicht. Vielleicht habt ihr ja einen blinden Passagier. Oder Ole hat seine Rattenfamilie da drin versteckt.“

„Das wüsste ich aber.“ Yane runzelte die Stirn. Es passte ihr nicht, dass es an Bord der Sankt Pauli etwas geben sollte, worüber sie nicht Bescheid wusste. Und gleich ein ganzes Zimmer, das auch noch bewohnt aussah. Sie dachte an den Tag, als sie Opa Lollo zum ersten Mal aus dieser Tür hatte kommen sehen. Bevor sie für eine Woche zu Paul gezogen war. Irgendwie ertappt hatte er geguckt und dabei ein bisschen schuldbewusst.

Wie eine Rumpelkammer war ihr der Ausschnitt des Raumes, den sie damals durch den Türspalt gesehen hatte, auch nicht vorgekommen. Dazu hatte das Licht darin zu hell und freundlich gewirkt. Sie zog am Bein ihrer Jeans, die zerknautscht zwischen ihrem Sitzsack und Pauls Hosenboden klemmte. „Darf ich mal", sagte sie ungnädig, „oder soll ich heute den ganzen Tag im Schlafanzug rumlaufen?"

„Ooch", sagte Paul gedehnt und warf einen Blick auf die blauweiße Streifenhose über der Nachttischlampe, „dazu müsstest du erst mal einen anziehen. Und überhaupt, wie wär's denn zur Abwechslung mal mit 'nem Kleid?" Yane ließ das Hosenbein los und warf ihr Kopfkissen nach ihm. Im Nu war eine wilde Kissenschlacht im Gange, und danach war Yane zu Pauls Erleichterung wieder bester Stimmung. Zu ihrer eigenen auch. Sie wischte sich die Haare aus dem erhitzten Gesicht. Wahrscheinlich hatte sie Gespenster gesehen. Für das unbekannte Zimmer gab es bestimmt eine ganz einfache Erklärung. Sie würde einfach Opa Lollo fragen. Gleich nach dem Frühstück. Jetzt hatte sie erst mal einen Bärenhunger. Und sie musste Paul dringend erzählen, was sie am Vortag erlebt hatte. Und wie anders ihr Großvater plötzlich war.

Eine halbe Stunde später fanden sie Opa Lollo auf Chocolats Weide. Er war damit beschäftigt, den morschen Zaun zu reparieren. „Na, ihr beiden", sagte er gut gelaunt und richtete sich auf. „Macht ihr heute die Sankt Pauli unsicher?"

„Ja", sagte Yane schlicht. „Und wir würden gern mit der Rumpelkammer hinter dem Niedergang anfangen. Zeigst du uns die? Vielleicht finden wir da noch was, das wir fürs Baumhaus gebrauchen können."

Opa Lollo schob den kurzkrempigen alten Herrenhut in den Nacken, mit dem er sich zu verkleiden pflegte, wenn er mit Reparaturen aller Art beschäftigt war. „Ein andermal", sagte er, „im Augenblick passt es nicht."

Yane und Paul sahen sich an. Noch vor zwei Tagen hätte Yane nicht gewagt zu widersprechen. Jetzt aber quengelte sie. „Och, bitte, Opa. Auf Pauls Dachboden haben wir auch schon so tolle Sachen entdeckt."

„Aber ich habe dir doch schon gesagt, da ist nichts Interessantes." Opa Lollo wurde ungehalten. „Alte Positionslichter, Werkzeug, Rettungswesten …"

„Das klingt doch super", fiel Yane ihm ins Wort. „Wir könnten doch einfach …"

„Jetzt nicht, Yane", erwiderte Opa Lollo und fiel in seinen alten Tonfall zurück. „Ich bin beschäftigt, wie du siehst." Damit rückte er seinen seltsamen Hut gerade und wandte sich wieder Chocolats Weidezaun zu.

Blöde Fee. Erst bekam Opa eine Überdosis Zaubertrank ab, und dann ließ die Wirkung schneller nach als bei Asterix. Enttäuscht und mit Paul im Schlepptau stapfte Yane zurück zur Sankt Pauli. „Dann gehen wir da eben ohne ihn rein", schimpfte sie, während sie den Niedergang hinuntersprang. „Das Regal kriegen wir auch zu zweit weg."

„Willst du das wirklich riskieren? Jetzt, wo dein Opa gerade auftaut?" Unschlüssig ließ Paul sich auf der zweituntersten Treppenstufe nieder. „Am Ende kriegst du einen Riesenärger und er zeigt es dir gar nicht mehr. Außerdem ist die Tür bestimmt abgeschlossen."

„Hm." Yane ließ sich neben Paul plumpsen und stützte den Kopf in die Hände. Sie dachte nach. „Ich hab's", rief sie nach drei Minuten und sprang auf. „Komm mit."

In der einzigen Schublade des Küchentischs fummelte sie nach dem Karoheft, in dem Opa Lollo seine Ausgaben festzuhalten pflegte. Sie riss eine leere Seite heraus und begann etwas aufzuzeichnen. „Schau mal. Das ist die Sankt Pauli von der Seite. Über die Gangway kommt man an Bord und befindet sich auf der gleichen Ebene wie der Salon. Nach rechts geht's rauf in die Kombüse. Und links den Niedergang hinunter landest du bei dem Gang, der zu Opas und meinem Zimmer führt. Hinter dem Niedergang steht das

Regal mit der verborgenen Tür dahinter. Dort liegt die Rumpelkammer." Sie sah Paul erwartungsvoll an. „Verstehst du?" Paul verstand nicht. „Mensch, Paul, das Zimmer liegt auf der gleichen Höhe und der gleichen Schiffsseite wie mein Zimmer. Nur auf der anderen Seite vom Niedergang. Das bedeutet, eine Seite von diesem Zimmer muss an der Bordwand liegen."

„Na, und?", fragte Paul begriffsstutzig.

„Oh, Mann, ich glaub's nicht." Yane wurde ganz zappelig vor Ungeduld. „Die Bordwand hat an der Stelle natürlich Fenster. Bullaugen. Das heißt, man kann von draußen reingucken."

„Nicht schlecht", sagte Paul anerkennend. „Dann schauen wir doch einfach mal, was es da zu sehen gibt."

Zwei Minuten später lag Yane bäuchlings an Deck über einer Reihe von Bullaugen, die als Guckloch zu Opa Lollos Geheimzimmer, wie sie es nannte, infrage kamen. Während Paul sie an den Beinen festhielt, schob Yane sich langsam unter dem Metallgestänge der Reling hindurch, bis nur noch ihre Beine an Bord waren. Den Oberkörper hatte sie, sich vorsichtig mit den Armen abstützend, nach unten abgeknickt und tastete sich nun am Metallrahmen des nächstgelegenen Bullauges entlang. Nur noch wenige Zentimeter. Dann würde sie wissen, was es mit dem Zimmer auf sich hatte, auch wenn es, aus ihrer Perspektive betrachtet, auf dem Kopf stehen würde. Es war anstrengend, sich so mit dem Kopf nach unten vorwärtszubewegen. Er wurde ganz schwer davon. Aber gleich hatte sie es geschafft. Hoffentlich wurde sie nicht zu schwer für Paul. Sie hatte keine Lust, kopfüber im schlickigen Elbwasser zu landen, das zwei Meter unter ihr träge gegen die Bordwand plätscherte.

Yane näherte ihr Gesicht von außen der runden Scheibe des Bullauges. Sie musste so dicht herangehen, dass ihre Nasenspitze fast die Scheibe berührte, damit sie nicht bloß ihr eigenes Spiegelbild erspähte, sondern hindurchsehen konnte. Es war nicht einfach, in dem Dunkel dahinter etwas zu erkennen.

„WAS MACHT IHR DENN DA?“ Gerade als sich schemenhaft erste Umrisse abzuzeichnen begannen, donnerte eine Stimme über sie hinweg, die eindeutig ihrem Großvater zuzuordnen war. Yane zuckte so sehr zusammen, dass sie mit der Stirn gegen die Bullaugenscheibe knallte. Gleichzeitig schnellten ihre Beine an Deck nach oben, und, von dem Schwung nach vorne gerissen, konnte Paul sie nicht mehr halten. Unter den entsetzten Augen von Paul und ihrem Großvater, der für Yane unsichtbar an der Uferböschung stand, versank Yane mit einem gellenden Schrei im graubraunen Wasser der Elbe.

„Du hast großes Glück gehabt, meine Liebe." Schlotternd saß Yane unter einer alten Wolldecke auf dem grünen Hängesofa an Deck und sah zerknirscht zu, wie sich zu ihren Füßen eine Pfütze bildete. Noch immer wütend tigerte ihr Großvater vor ihr auf und ab. „Wenn Ebbe gewesen wäre, hättest du dir auf den Ufersteinen alle Knochen brechen können, ganz zu schweigen von deinem Dickschädel." Er knallte seinen Hut in die rosa Geranien, die das hölzerne Fass neben dem Sofa zierten. „Du kannst deinem Schutzengel danken, dass wir vier Meter Wasser unterm Kiel haben. Um ein Haar hättest du ihm persönlich die Hand schütteln können."

Yane fand das etwas übertrieben und außerdem nicht ganz fair. Schließlich war er es gewesen, der sie so erschreckt hatte, dass sie abgestürzt war. Aber sie hielt lieber den Mund. Es war besser, Opa Lollo nicht noch weiter zu reizen. Er war noch immer in Socken, während seine Schuhe an der Uferböschung auf ihn warteten. Blitzschnell hatte er sie ausgezogen, um Yane hinterherzuspringen, aber da war sie zum Glück prustend und unverletzt wieder aufgetaucht. Paul zog es vor, sich nicht in Yanes und Opa Lollos Familienangelegenheiten einzumischen und beschloss, die Schuhe zu holen. Er war ebenso erschrocken wie Yane, als Opa Lollo wie aus dem Nichts erschienen war, allerdings ohne dafür mit einem Bad in der

Elbe zu bezahlen. Mit ihrem untrüglichen Sinn für die passende Gelegenheit erschien in diesem Augenblick die einäugige Gertrud, balancierte elegant um die sich am Boden ausbreitende Wasserpfütze herum und ließ sich in der anderen Sofaecke nieder.

„Was hast du dir eigentlich dabei gedacht?“ Opa Lollo wollte es noch immer nicht gut sein lassen.

„Na ja, du hattest doch keine Zeit, und da dachte ich …“

„So, da dachtest du! … Vielleicht überlässt du das Denken in Zukunft lieber mir.“ Mit diesen Worten pflückte Opa Lollo seinen Hut aus den Geranien und stapfte Richtung Weide davon. Unterwegs riss er Paul seine Schuhe aus der Hand und drehte sich am Ende der Gangway noch einmal zu ihnen um. „Probiert das nicht noch einmal!“, rief er hinüber mit einer Stimme, die keinen Zweifel daran ließ, dass jegliches Zuwiderhandeln sehr unangenehme Konsequenzen haben würde.

„So ein Mist.“ Yane wrang ihre nassen Socken aus, als wolle sie sie erwürgen, und schleuderte sie dahin, wo eben noch Opas Hut gelegen hatte. „Ich war so dicht dran. Warum musste er ausgerechnet jetzt auftauchen?“ Energisch schüttelte sie den Kopf. Sie hatte immer noch Wasser im linken Ohr, sodass sie alles wie durch einen dicken Wattebausch hörte. „Und warum regt er sich eigentlich so auf? Das bisschen Wasser“, schimpfte sie und versuchte, mit der Wolldecke ihre Haare trocken zu rubbeln.

„Er hat einfach nur Angst um dich gehabt." Nachdenklich ließ Paul sich neben Gertrud auf das Sofa fallen, dass die Ketten quietschten und die Katze hochdotzte. Genervt blickte Gertrud ihn aus ihrem einen Auge an.

„Na, ich weiß nicht. Ich kann doch schwimmen." Yane bohrte mit dem Zeigefinger in ihrem Ohr herum, als könne sie dadurch den Wattebausch loswerden. „Vielleicht hatte er ja auch wegen was ganz anderem Angst."

„Wegen was denn?"

„Na, dass ich hinter dem Bullauge was entdecke, was ich nicht entdecken soll."

„Und das wäre?"

Yane nahm den Finger aus dem Ohr. „Ich weiß nicht", sagte sie langsam. „Die Scheibe war so dreckig." Sie sah Paul in die Augen. „Aber ich bin mir sicher, da drin hat sich was bewegt."

„Was bewegt?" Paul fuhr so ruckartig zu Yane herum, dass Gertrud vor Schreck einen Satz machte und dabei mit ihren scharfen Krallen ein Loch ins Sofapolster riss.

„Ja. Genau gegenüber vom Bullauge. Aber ich konnte nur so kurz reinschauen, dass ich nicht erkennen konnte, was es war."

Das musste Paul erst mal verdauen. Dann schüttelte

er den Kopf. „Du hast dich bestimmt getäuscht. Außer uns beiden war doch kein Mensch an Bord. Und selbst wenn, der hätte sich doch bestimmt eher versteckt, als du vor dem Bullauge rumhampeltest, statt …"

„Hab ich nicht", fiel Yane ihm ins Wort. „Ich hab mich nicht getäuscht. Da war was. Ganz bestimmt." Sie warf die Wolldecke von sich und stand auf. „Und ich will wissen was. Jetzt sofort. Wir müssen es noch mal versuchen. Nass bin ich sowieso schon."

„Ohne mich." Entschieden legte Paul die Füße auf den grünen Klappstuhl, der ihm gegenüber stand, und verschränkte die Arme vor der Brust. „Glaubst du, ich will noch mal vor deinem Opa stehen wie ein begossener Pudel?"

„Der begossene Pudel bin ja wohl eher ich."

„Stimmt. Und deshalb solltest du ein bisschen vorsichtiger sein. Schließlich musst *du* mit ihm zusammenleben und nicht ich. Außerdem hast du mir doch gerade erzählt, dass er so anders ist, seit du wieder zurück bist. Dass er richtig viel redet und so. Willst du das im Ernst gleich wieder aufs Spiel setzen?"

„Hmm." Yane schmollte. „Wessen Freund bist du eigentlich? Seiner oder meiner?"

„Deiner natürlich. Deshalb muss ich ja aufpassen, dass du keinen Mist machst. Wie sieht's aus? Kommst du mit Dach decken? Dabei kommst du wenigstens nicht auf dumme Gedanken."

„Dach decken?“

„Na, klar. Stella und das Baumhaus warten schon seit einer Stunde auf uns. Hatte ich das nicht gesagt?“

„Nee, kein Wort.“

Kurze Zeit später sprangen Yane und Paul über die Gangway an Land. „Bin heute bei Paul, Dach decken“, rief Yane ihrem Großvater zu, der noch immer mit Chocolats Zaun beschäftigt war. Opa Lollo schob sich den Hut in den Nacken und stützte sich auf den neuen Pfahl, den er gerade in den Boden gerammt hatte. Er nickte nur, und auf die Entfernung konnte Yane nicht sehen, wie er tief durchatmete.

Brett vorm Kopf

Als Yane am Abend ein bisschen erschöpft, aber vergnügt wieder auf der Sankt Pauli erschien, hatte Opa Lollo ihr Lieblingsessen gekocht. Wie zur Versöhnung. Bei Königsberger Klopsen ohne Kapern – die mochte sie nicht – erzählte Yane ohne Punkt und Komma vom Baumhaus. Dass sie im Prinzip morgen einziehen könnten und nur noch ein paar Möbel und Haushaltsutensilien organisieren müssten. Lächelnd hörte Opa Lollo zu und hatte ebenso wenig wie Yane das Bedürfnis, die Dinge anzusprechen, die zwischen ihnen vorgefallen waren. Stattdessen stellte er Fragen wie, welchen Holztyp sie zum Bauen verwendet hatten, wie viele Stufen es zu ihrem Haus waren und ob es auch hoch genug lag, um bei Sturmflut nicht davonzuschwimmen. Dass etwas zwischen ihnen in der Luft lag, war nur daran zu erkennen, dass sie sich später im Salon immer wieder verstohlene Blicke zuwarfen, wenn sie glaubten, der andere bemerke es nicht. Und jeder tat, als sei er gerade so beschäftigt mit Pfeifestopfen oder Mikadostäbchen ordnen, dass er tatsächlich nichts davon mitbekam. Aber natürlich machten sich beide so ihre Gedanken.

Auf dem Weg ins Bett fand Yane heraus, dass Paul recht gehabt hatte mit seiner Vermutung, die Tür zu Opas „Geheimzimmer“ sei abgeschlossen. Kurz entschlossen hatte sie ihre Hand in den schmalen Zwischenraum zwischen Regal und Tür gezwängt und es geschafft, vorsichtig den Türknauf zu drehen. Das Schloss gab ein klickendes Geräusch von sich, aber das war alles. Die Tür selbst bewegte sich keinen Millimeter.

Hatte das nun etwas zu bedeuten, oder war alles vollkommen harmlos und der Raum beherbergte nutzloses Gerümpel? Die Frage ließ Yane keine Ruhe, aber in dieser Nacht war sie einfach zu müde, um sich lange den Kopf darüber zu zerbrechen. Sie würde es schon noch herauskriegen.

Schon zwei Tage später fand sie etwas heraus. Wenn auch nicht das, was sie sich erhofft hatte. Opa Lollo war ins Dorf geradelt, um Schrauben zu besorgen. „In einer Stunde bin ich spätestens wieder da“, hatte er Yane und Paul zugerufen, die im Schlauchboot unterwegs waren. Sie paddelten am Ufer auf und ab und beobachteten eine Haubentaucherfamilie bei der Nahrungssuche. Es sah einfach zu lustig aus, wie diese Vögel abtauchten und dabei ihr Hinterteil kerzengerade in die Luft reckten.

„Als würden sie Handstand machen“, kicherte Yane.

„Dass die dabei nicht nach vorne überkippen. Ich überschlage mich jedes Mal, wenn ich Handstand versuche."

„Nicht nur dabei", grinste Paul. „Deine Bullaugennummer neulich war auch reif für den Zirkus."

„Möchte mal sehen, wie es dir an meiner Stelle ergangen wäre. Du hättest natürlich ganz cool reagiert und getan, als würdest du Liegestützen machen, was?" Yane tauchte ihre Hand ins Wasser und spritzte Paul eine Ladung ins Gesicht. „Dabei warst du es, der mich nicht richtig festgehalten hat."

„He, lass das, oder willst du noch mal baden gehen?" Paul drohte ihr im Scherz mit dem Paddel.

„Noch mal baden gehen?" Nachdenklich blickte Yane ihn an. Dann nahm sie ihm entschlossen das Paddel aus der Hand und begann, energisch rückwärts zu rudern. Richtung Sankt Pauli. „Nee, diesmal geh ich nicht baden. Jedenfalls nicht alleine."

„Was hast du denn jetzt vor, wenn ich fragen darf?"

„Wirst du schon sehen. Vielleicht solltest du vorher noch deine Badehose anziehen."

„Willst du etwa, dass *ich* mich jetzt zur Abwechslung von oben über das Bullauge hänge?"

„Nicht von oben", erwiderte Yane. „Von unten." Geschickt steuerte sie das Schlauchboot um die Sankt Pauli herum und unter der hölzernen Gangway hindurch, bis sie unterhalb des Bullauges zu liegen kamen.

„Wenn du dich auf die Zehenspitzen stellst, müsstest du hineinsehen können."

„Zehenspitzen? Ich bin schon froh, wenn das mit dem Hinstellen überhaupt klappt, ohne dass ich im Bach lande." Umständlich versuchte Paul, sich in das Boot mit dem wabbeligen Boden zu knien. „Wenn ich nass werde, kostet dich das ein Eis am Hafenkiosk."

„Okay", sagte Yane ungeduldig. „Aber nun mach schon. Sonst ist Opa Lollo zurück, bevor du …"

„Ja, ja, schon gut." Vorsichtig begann Paul sich aufzurichten, wobei seine Hände vergeblich an der glatten metallenen Bordwand der Sankt Pauli Halt suchten. „Es ist nicht immer das pure Vergnügen, dein Freund zu sein."

„Aber spannend, oder?" Yane grinste, während sie sich bemühte, das Gummiboot dicht an der Bordwand zu halten. Zum Glück war es völlig windstill, nur winzig kleine Wellen kräuselten die Wasseroberfläche, und das Schlauchboot lag ruhig neben dem großen Schiffsrumpf. Nach drei Minuten und einigen Wacklern, die ihn beinahe über Bord befördert hätten, hatte Paul das Bullauge schließlich genau vor der Nase. Wie Yane blickte er zuerst bloß in sein blasses Spiegelbild. Das war wirklich merkwürdig blass. Es dauerte einen Augenblick, bis Paul begriff, was das war. Er stieß einen überraschten Pfiff aus und ließ sich zu Yane ins Boot plumpsen, das daraufhin heftig zu schaukeln begann.

„Was soll denn das? War das schon alles?“, schimpfte sie und versuchte, das Boot ruhig zu halten. „Du kannst doch noch gar nichts gesehen haben.“

„Stimmt genau“, erwiderte Paul, froh, wieder im Boot zu sitzen. „Überhaupt nichts habe ich gesehen.“ Er machte eine bedeutungsvolle Pause. „Wenn man mal von den Brettern absieht, mit denen neuerdings jemand das Bullauge von innen verrammelt hat.“

Für einen Augenblick war Yane sprachlos. Von innen verrammelt ... Also hatte ihr Gefühl sie doch nicht getrogen. Irgendetwas war hier faul. Oberfaul sogar, wie es aussah ... „Glaubst du mir jetzt, dass hier was nicht stimmt?“, murmelte sie schließlich. Paul nickte nur.

In den nächsten Tagen war Yane so schweigsam, dass sie sogar ihrem Großvater damit Konkurrenz machte. Forschend sah er sie immer wieder von der Seite an, doch sie wich seinem Blick aus und verbrachte die meiste Zeit des Tages grübelnd auf ihrem Duckdalben, falls sie überhaupt zu Hause und nicht mit Paul und dem Baumhaus beschäftigt war.

Schließlich hielt Opa Lollo es nicht mehr aus. „Meine Gesellschaft scheint dir zurzeit ja nicht sonderlich zu behagen“, sagte er eines Morgens beim Frühstück an Deck, nachdem Yane drei Tage lang nicht mehr als vier Sätze zu ihm gesagt hatte. „Wie wär’s, willst du noch mal eine Woche zu Paul ziehen?“

„Hat Pauls Vater mit dir gesprochen?", fragte Yane argwöhnisch.

„Nein, bin ich ganz von alleine draufgekommen."

„Willst du mich loswerden, oder was?"

„Natürlich nicht, wie kommst du denn darauf?"

„Ich dachte nur so …" Yane schlug ihr Frühstücksei heftiger als nötig an der Tischkante auf, sodass das Gelbe durch die zerbröselten Eierschalen hindurch auf die Schiffsplanken tropfte. Genervt tauchte sie unter den Tisch, um das Eigelb mit ihrer Serviette aufzuwischen. Na klar wollte Opa sie loswerden, aber sie würde nicht gehen, bevor sie nicht wusste, was es mit dem Zimmer auf sich hatte. Sie würde da reingehen. Egal wie. Wenn sie bloß einen Schlüssel hätte.

Der Gedanke durchzuckte Yane so plötzlich, dass sie sich beim Aufstehen den Kopf an der Tischplatte schlug. Automatisch fasste sie sich an die Stelle, ohne irgendeine Form von Schmerz zu spüren. Ein Schlüssel. Natürlich. Wie hatte sie bloß die ganze Zeit so blöd sein können. Es musste einen Schlüssel zu dem Zimmer geben. Und den hatte natürlich niemand anderer als Opa Lollo. Aber wo?

„Tut's sehr weh?", riss Opa Lollos Stimme sie aus ihren Gedanken.

„Geht so." Zum ersten Mal, seit sie das vernagelte Bullauge entdeckt hatten, blickte sie ihm direkt in die Augen. Sie musste Zeit gewinnen, um nach dem

Schlüssel zu suchen. „Vielleicht kann ich übermorgen zu Paul ziehen. Die nächsten zwei Tage soll es wieder regnen. Da kann ich ebenso gut hierbleiben."

„Einverstanden", sagte Opa Lollo, und Yane war, als höre sie Erleichterung in seiner Stimme mitschwingen. Aber vielleicht war er einfach nur froh, dass sie wieder mit ihm sprach. Er stand auf und feuchtete ein frisches Küchenhandtuch unter dem kalten Wasserhahn an. „Hier, für deinen Kopf", sagte er und gab ihr einen liebevollen Klaps auf die Schulter. „Damit du wieder klar denken kannst." Dann stieg er mit schweren Schritten die Treppe zum Niedergang hinunter.

„Genau", dachte Yane und hielt sich das nasse Handtuch auf die künftige Beule. „Klarer, als dir lieb sein wird." Zufrieden löffelte sie kurz danach ihr Ei aus.

Die folgenden beiden Tage verbrachte Yane damit, die ganze Sankt Pauli nach dem Schlüssel zu Opas Geheimzimmer abzusuchen. Sie durchkämmte die Schublade mit den alten Seekarten, hob die lose Holzdiele neben dem Kühlschrank hoch, fummelte zwischen den Sofapolstern nach etwas aus Metall. Und einmal wagte sie sich sogar wieder in Opas Zimmer, als er draußen im Unterstand auf der Weide Chocolat fütterte. Wenn Paul anrief, um sich mit ihr zu verabreden, lehnte sie mit einer fadenscheinigen Begründung ab. Aber es war alles umsonst. Da war nichts. Nirgendwo.

Als sie schon ganz verzweifelt war, kam ihr schließlich der Zufall zu Hilfe. Sie kniete gerade vor der altersschwachen Waschmaschine und stopfte voller Frust ihre und Opa Lollos schmutzige Wäsche hinein. Als sie Opas verwaschene braune Cordhose in die Wäschetrommel boxte, stieß ihr linker Fingerknöchel auf etwas Hartes, das eine Zehntelsekunde später vor ihr auf den Fußboden fiel: Es war ein leicht angerosteter Schlüssel mit einem langen Bart, den sie noch nie zuvor gesehen hatte.

Der Schlüssel

Mit zitternden Fingern nahm Yane den Schlüssel an sich. Opas Schlüssel. Der Schlüssel zu der verborgenen Tür. Das musste er sein. Sie überlegte fieberhaft. Dann knallte sie die Waschmaschinentür zu. Das war ihre Chance. Sie musste in das Zimmer. Jetzt. Bevor Opa Lollo den Verlust bemerken würde.

Mit fliegenden Fingern wühlte sie in der Küchentischschublade nach Opas Handy. Zu ihrem Glück lag es ausnahmsweise einmal da, wo es hingehörte. Sie hämmerte die Nummer auf die Tastatur. „Wo ist Paul?", rief sie in das Gerät mit der altmodischen Antenne, als endlich jemand dranging.

„Augenblick, ich glaube, ich habe ihn gerade zum Schuppen gehen sehen", antwortete Stella gelassen. „Wann kommst du denn mal wieder vorbei? Du warst jetzt schon ein paar Tage nicht mehr hier."

„Bald", antwortete Yane knapp. „Kannst du jetzt bitte Paul suchen, es ist wirklich dringend." Kurz darauf hörte sie, wie Stella über den knirschenden Kies vorm Haus ging.

„Hallo, Yane, lebst du noch?", kam endlich Pauls Stimme ein wenig dumpf und, wie ihr schien, auch leicht beleidigt an ihr Ohr. „Ich dachte schon, du willst den Rest der Feri…“

„Hör zu, Paul“, unterbrach ihn Yane aufgeregt. „Du musst sofort kommen. Ich hab den Schlüssel.“

„Was für einen Schlü…“, fing Paul an. Dann dämmerte ihm, dass das eine ganz blöde Frage war. „Bin schon unterwegs“, sagte er nur und klappte das Restaurant-Handy zu. „Weiß nicht, wann ich wieder zurück bin“, rief er einer erstaunten Stella zu, während er über den Hof zu seinem Fahrrad sauste. „Kann später werden.“ Dann jagte er mit wehenden Hemdzipfeln über den Deich zur Sankt Pauli.

Yane erwartete ihn bereits voller Ungeduld und hielt ihm triumphierend den Schlüssel vor die Nase, als er endlich außer Atem vor ihr stand. „Du musst aufpassen, dass Opa mich nicht erwischt, und ihn ablenken, falls er mich sucht“, sagte sie und warf die Waschmaschine an, die die ganze Zeit über tatenlos dagestanden hatte, während Yane unruhig in der Kombüse auf- und abgetigert war. „Er ist im Motorraum und isoliert die Bordwand neu. Aber vorher musst du mir noch helfen, das Regal beiseitezuschieben.“

Paul war leicht mulmig zumute, aber natürlich packte er mit an. Er warf Yane einen forschenden Blick zu, als sie schließlich mit zusammengepressten Lippen aber entschlossen den Schlüssel ins Schloss steckte.

„Du kommst klar?“

„Denke schon“, erwiderte Yane kurz angebunden. „Pass du lieber auf, was Opa treibt. Bitte“, setzte sie hinzu, als sie merkte, dass sie etwas schroff gewesen war. Zögernd setzte Paul sich Richtung Motorraum in Bewegung. Als seine Schritte hinter der nächsten Biegung verhallten, drehte Yane erst vorsichtig den Schlüssel im Schloss um und anschließend den schwarzen Türknauf. Dann öffnete sie behutsam die Tür.

Wegen des vernagelten Bullauges konnte sie zuerst nicht viel erkennen. Dann gewöhnten sich ihre Augen an das dämmrige Licht, das durch die Ritzen der Bretter drang. Paul hatte recht gehabt: Da drüben stand tatsächlich ein Bett. Langsam tastete Yane sich zur Nachttischlampe, die daneben auf einer hölzernen Seemannskiste stand, und fummelte nach dem Schalter. Was sie dann sah, war das Letzte, was sie erwartet hatte. Ungläubig ließ sie sich auf das leere Bett sinken und blickte sich um.

Das Zimmer war in einem sonnigen Hellgelb gestrichen. Über dem Bett hingen alte Schallplatten, durch das Loch in ihrem Zentrum kreuz und quer an die Wand genagelt wie Bilder. Auf einem kleinen Schreibpult unter dem Bullauge stand ein altmodischer kippbarer Spiegel mit Schublade, an dessen Rahmen mehrere Halsketten baumelten. Über dem Holzlehnstuhl davor hingen eine verwaschene Jeans und eine grüne geblümte Bluse. Eine vertrocknete Rose stand in einer Weinflasche neben dem Spiegel. Es sah aus, als sei die Bewohnerin des Zimmers gerade mal kurz weggegangen und würde jeden Augenblick zurückkommen.

Yane fuhr mit dem Zeigefinger über die Seemannskiste. Kein Krümel Staub. Opa Lollo – wer sonst – schien alles penibel sauber zu halten. Ihr Blick fiel auf eine etwas unscharfe Schwarzweißfotografie, die mit Tesafilm an die Wand geklebt war. Eine schlanke junge Frau saß mit wehendem Haar auf dem Rücksitz eines Motorrads und winkte in die Kamera. Die rechte Hand hatte sie um den Körper eines Mannes geschlungen, der ebenso ins Bild lachte wie sie. Es war ihr Vater Jacques. Und die junge Frau hinter ihm musste Lala sein, ihre Mutter.

Yane ging mit dem Gesicht so dicht an die Fotografie heran, dass das Motiv fast vor ihren Augen verschwamm. Sie konnte sich nicht satt sehen an ihren Eltern, die sie ihr Leben lang vermisst hatte. Sie vergaß alles um sich. Und dann verschwamm das Bild tatsächlich, als Yanes Tränen auf die Seemannskiste tropften. Als sie es schließlich schaffte, sich loszureißen, fiel ihr Blick auf ein zweites Bild: Am Fußende des Bettes stand ein hellblau gestrichener Metallschrank, an dessen Schmalseite ein Ölbild in einem schlichten weißen Rahmen hing. Ein Baby war darauf zu sehen oder eher ein kleines Kind, vielleicht eineinhalb Jahre alt, das rotwangig und spinatverschmiert seinen Betrachter anstrahlte. Lala Morel stand ganz klein in der rechten unteren Ecke des Bildes. Lala Morel – Yane Morel. Lala und Yane Morel. Lala musste dieses Bild nach ihrer Hochzeit mit Jacques gemalt haben. Opa Lollo hieß nämlich Petersen mit Nachnamen, so wie norddeutsche Kapitäne eben heißen. Und Lala hieß Morel, genau wie sie selbst.

Yane spürte ihr Herz bis zum Hals klopfen. Wenn Lala dieses Bild gemalt hatte, dann musste dieses Baby ja … Dann musste dieses Baby … Sie hörte Getrappel von Schritten, die sich rasch näherten, und sprang vom Bett auf. Sie hatte jegliches Zeitgefühl verloren. Paul stand bereits in der Tür.

„Yane, komm endlich raus da, dein Großvater kann jeden Augenblick hier sein“, rief er atemlos. „Er packt schon sein Werkzeug zusammen.“

Wie in Trance löschte Yane das Licht, zog die Tür hinter sich zu und schloss ab. Gemeinsam wuchteten sie das Regal wieder vor die Tür und liefen in die Küche. An Ole vorbei, der irgendwie hämisch zu grinsen schien. Yane zog sich einen Stuhl vor die Waschmaschine, die kurz davor war, in den Schleudergang zu schalten, und starrte in die wirbelnde Wäsche wie in einen Horrorfilm. Wie zum Hohn schien ihr das Hosenbein von Opas brauner Cordhose fröhlich daraus zuzuwinken.

Ratlos sah Paul sie an. „Was ist denn los?“, fragte er schließlich. „Hast du ein Gespenst gesehen oder hast du jetzt auch Geheimnisse vor mir? Sag schon, was ist denn nun in dem Zimmer?“

Yanes Blick schien von weit her zu kommen. „Mama“, sagte sie schließlich, und noch mehr Tränen begannen ihr übers Gesicht zu laufen. „Mama ist in dem Zimmer.“

„Was? Das, was sich bewegt hat, als du durch das Bullauge geguckt hast neulich, war deine Mutter?“

„Nein. Das war ich selbst.“ Paul verstand gar nichts mehr. „Gegenüber vom Bullauge hängt ein Spiegel, und als ich mich draußen bewegt habe, habe ich mich im Spiegel natürlich auch bewegt.“

„Aber du hast doch eben gesagt, in dem Zimmer ist deine Mutter.“

„Sie war da.“

„Wann?“

„Na, früher. Als sie noch gelebt hat. Opa Lollo hat alles aufgehoben, und es sieht aus, als würde er jeden Tag hineingehen und sauber machen.“

„Ich glaub's nicht“, sagte Paul und sah Yane mit einer Mischung aus Schock und Mitleid an.

„Zu mir hat er immer gesagt, es sei alles weg. Verloren gegangen“, schrie sie plötzlich, als sei Paul schuld daran. „Warum? Warum, verdammt noch mal?“

Paul brauchte nicht lange zu überlegen. „Los

komm.“ Entschlossen zog er Yane von ihrem Stuhl hoch. „Du musst hier weg. Am besten ziehst du heute noch zu mir“, sagte er. „Und da denken wir in Ruhe über alles nach.“

„Ja“ war alles, was Yane hervorbrachte.

Sie lief in ihr Zimmer und packte, so schnell sie konnte, das Nötigste in einen Rucksack. Als sie wieder in die Kombüse kam, war Paul dabei, die fertig geschleuderte Wäsche aus der Maschine in einen Korb zu befördern. Daneben stand Opa Lollo an der Spüle und wusch sich die Hände.

„Ich ziehe heute zu Paul“, sagte Yane, ohne ihn anzusehen. „Ich hänge nur noch eben die Wäsche auf, dann bin ich weg.“

„Das kommt jetzt aber plötzlich.“ Überrascht drehte Opa Lollo sich zu ihr um.

„Wieso, war doch deine eigene Idee. Und wie du siehst, scheint heute schon fast wieder die Sonne.“ Sie schnappte sich den Wäschekorb und lief damit auf das Vordeck, um den Inhalt an die Leine zu hängen. Sie schleuderte die T-Shirts, Hemden und Hosen mehr oder weniger auf das dünne Seil, das sich im Viereck über das Deck spannte. Notdürftig befestigte sie die einzelnen Teile mit Wäscheklammern. Nur bei der braunen Cordhose war sie darauf bedacht, dass sie ordentlich mit den Beinen nach unten zu hängen kam. Sie zog den Schlüssel zum Zimmer ihrer Mutter aus ihrer eigenen Hosentasche und steckte ihn wieder in die von Opa. Einen kurzen Augenblick stand sie unschlüssig vor der Hose und sah zu, wie ihre Beine im Wind schaukelten. Dann warf sie einen kurzen Blick hinter sich Richtung Kombüse, um zu sehen, ob auch niemand sie beobachtete. Kurzerhand holte sie den Schlüssel wieder hervor und stopfte ihn in ihre eigene Tasche zurück. Mit einem trotzigen und gleichzeitig ziemlich zufriedenen Gesichtsausdruck ging sie zu Paul. „Fertig“, sagte sie. „Wir können los.“

Stella und Nils

„Paul?“, fragte Yane, nachdem sie sich wieder in Pauls Zimmer installiert und einigermaßen beruhigt hatte, „was ist eigentlich bei *dir* los? Du bist irgendwie anders als sonst.“

Die beiden saßen auf der Baumhausveranda und baumelten mit den Beinen. Mit Genugtuung fühlte Yane den Schlüssel zu Lalas Zimmer in ihrer Hosentasche. Die Vorstellung, dass Opa Lollo zunehmend beunruhigt nach ihm suchen würde, befriedigte sie sehr.

„Oooch, nichts“, sagte Paul gedehnt. „Außer dass ich glaube, Nils hat sich verliebt.“

„Was? In wen?“

„Oh, Mann! Und ich dachte immer, ihr Mädels versteht was von der Liebe.“ Paul schüttelte missbilligend den Kopf. „Dreimal darfst du raten.“ Geräuschvoll zog er die Nase hoch. „In Stella natürlich, du Liebesexpertin.“

„Oh …, das sind ja wirklich Neuigkeiten. Man kann euch ja wohl keine Minute alleine lassen.“

„Mich schon“, grummelte Paul. „Obwohl ich es schöner finde, wenn du da bist und ich nicht mit den beiden Turteltauben allein sein muss.“

„Turteltauben? Ist Stella denn auch in Nils verliebt?“

Als Antwort kam ein unwilliges Grunzen von Paul, aber Yane blieb hartnäckig. „Glaubst du das bloß mit Nils und ihr oder weißt du es?“, forschte sie nach. „Vielleicht bildest du es dir ja nur ein.“

„Also jedenfalls hab ich sie gestern Morgen in Papas Bademantel aus seinem Zimmer kommen sehen. Sie hat mich aber nicht bemerkt.“

„Das muss noch gar nichts bedeuten“, sagte Yane, als würde sie selbst häufiger in anderer Leute Bademantel aus deren Schlafzimmern kommen.

„Genau davor hab ich ja Angst.“ Paul riss einen Zweig von der Weide. „Dass es ihr gar nichts bedeutet. Ich will nicht, dass jemand Nils wehtut. Wenn Stella es nicht ernst mit ihm meint, dann … dann wird er wieder so traurig wie damals, als Mama gestorben ist.“

„Meinst *du* es denn ernst mit Stella? Ich meine, könntest du sie dir als Mutter vorstellen?“

„Meine Mutter heißt Amelie, und das bleibt auch so. Aber als Frau für Nils, … eine, die Baumhäuser bauen kann, wäre nicht die Schlechteste.“

„Hast du keine Angst, dass sie dir vielleicht deinen Papa wegnimmt?“

„Nee“, antwortete Paul und schüttelte den Kopf. „Mit Stella könnte ich mir Papa ganz gut teilen.“

„Hm.“ Yane dachte darüber nach, wie es sich wohl

anfühlte, plötzlich eine neue Mutter zu bekommen, insbesondere wenn es sich dabei um Stella handelte. „Manchmal erinnert sie mich ein bisschen an meinen Opa“, sagte sie. „Sie gibt nicht allzu viel von sich preis.“

„Du warst in den letzten Tagen nicht da.“ Paul versuchte, einen Schmetterling dazu zu verleiten, sich auf seiner Hand niederzulassen. „Sie ist jetzt ganz anders, lacht viel mit Papa und redet.“

Gedankenverloren blickte Yane durch die dichten Weidenzweige, die wie ein hellgrüner Vorhang vor dem Baumhaus hingen, zur Elbe hinaus. Wenigstens war Stella lebendig. „Ich habe auch gerade eine neue Mutter bekommen“, sagte sie, „das heißt ich habe sie wiederbekommen. Außer dass sie in echt gar nicht da ist. Nur auf dem Papier. An der Wand von einem Zimmer, in das ich eigentlich nicht reindarf.“

„Wieso dürfen die das eigentlich?“

„Wer? Was?“

„Na, die sogenannten Erwachsenen. Uns behandeln wie Steifftiere, ohne dass wir irgendwas dagegen tun können. Du hast jahrelang, ohne es zu wissen, neben einem verborgenen Zimmer gewohnt, in dem deine Mutter gelebt hat. Und ich kriege vielleicht eine neue Mutter, von der ich nicht sehr viel weiß.“

„Immerhin kannst du sie noch kennenlernen. Und Nils hat doch einen guten Geschmack, oder? Mit deiner richtigen Mutter warst du ja auch zufrieden.“

„Stimmt.“ Zum ersten Mal an diesem Nachmittag lachte Paul wieder. „Sehr zufrieden sogar.“

„Ich hätte nicht mal einen Vergleich. Was denkt Opa sich eigentlich dabei, mich all die Jahre so im Dunkeln zu lassen. Was soll das denn bringen?“

„Vielleicht macht es ihn traurig, dich in ihrem Zimmer zu sehen. Vielleicht kann er das nicht aushalten.“

„Aber ich soll es aushalten, dass meine Mutter ein Phantom für mich ist. Ein Gespenst oder eine Meerjungfrau. Das ist einfach nur großer Mist.“ Paul merkte, wie verstört und vor allem wie wütend Yane war.

„Komm“, sagte er und sprang auf. „Wir gehen jetzt los, Stella besser kennenlernen. Damit du auf andere Gedanken kommst.“ Er nahm Yanes Hand und zog sie hoch. „Wer zuerst unten ist …“ Damit raste er die Leiter hinunter, während Yane sich das dicke Seil griff, das am Verandageländer baumelte, ihre Beine darum schlang und blitzschnell nach unten sauste.

Als sie auf den gekiesten Hof kamen, standen die beiden verwitterten doppelten Flügeltüren, die von dort aus in die Remise führten, sperrangelweit offen. Dazwischen türmte sich ein beeindruckender Haufen mit altem Gerümpel: Bretter, alte Stalltüren, hölzerne Pferdetränken, Zinkwannen in allen möglichen Größen, vermoderte Kartoffelsäcke, die einen unappetitlichen Geruch ausströmten, und verschiedene alte Geräte, die auf einem Bauernhof eben so gebraucht werden. Aus einer der Türen kam eine Wolke Staub, vermischt mit Büscheln von Stroh, die gemächlich zu Boden trudelten. Dahinter war das Pffft, Pffft eines Besens zu hören, der energisch seine Arbeit verrichtete. Als das Scharren für einen Moment aufhörte, konnten Yane und Paul durch die sich lichtende Staubwolke Stella erkennen. In ihrer roten Latzhose mit einem pinkfarbenen Tuch ums Haar. Sie stützte sich mit einer Hand auf den Besen und wischte sich mit der anderen über die Stirn, sodass eine Linie aus Dreck zurückblieb wie nach einer starken Flut am Elbstrand.

„Was wird das denn, wenn's fertig ist?" Langsam trat Paul näher. „Sollen da wieder Kutschen drinstehen, so wie ganz früher?"

„Eher nicht." Stella grinste. „Sonst müssten wir ja auch noch mit der Pferdehaltung beginnen."

Wir! Stella hatte „wir" gesagt.

„Was denn sonst? Ziehst du da jetzt ein?"

„Ich nicht", erwiderte Stella, lehnte ihren Besen an eine der Flügeltüren und trat nach draußen in die Sonne. „Aber meine Werkstatt und meine Galerie. Nils ist einverstanden. Und ich hoffe, du bist es auch."

„Hm." Paul bohrte mit der Fußspitze ein Loch in den Kies und starrte Stella trotzig an. „Ich finde, ehrlich gesagt, ihr hättet mich *vorher* fragen können und nicht hinterher."

„Das wollten wir ja heute Morgen, aber dann bist du wie ein Wilder zu Yane gesaust, und anschließend seid ihr gleich im Baumhaus verschwunden."

„Das war wichtig", knurrte Paul.

„Ja, das nehme ich an." Stella lächelte. Sie erinnerte Yane an jemanden, wenn sie das tat, aber sie wusste nicht, an wen. „Los kommt rein, ihr beiden. Ich zeige euch, wie ich mir die Galerie vorstelle. Vielleicht habt ihr ja auch noch ein paar gute Ideen."

Yane war neugierig, aber sie blickte erst fragend Paul an. Der schien einen Augenblick mit sich zu kämpfen, doch dann marschierte er an Stella vorbei in die Remise. Der Raum war sehr hoch. Die Wände bestanden aus unverputzten roten Backsteinen. Licht fiel lediglich durch ein eisengefasstes Sprossenfenster, das fast die gesamte schmale Seite des Gebäudes einnahm. Hoch über ihren Köpfen waren die rohen Balken zu sehen, die das Dach trugen. Ein kleiner Bereich des großen Raumes war durch eine Wand mit einer breiten Öffnung abgeteilt. „Das wird die Werkstatt", erklärte Stella. „Wir müssen nur noch ein Fenster in die rückwärtige Wand hauen. Die Wände werden weiß gekalkt, bis auf die Wand mit dem großen Fenster hier in der Stirnseite." Ihre blauen Löwenaugen blitzten vor Begeisterung. „Und die Flügeltüren bekommen eine Glasfüllung mit schwarzen Rahmen, sodass es richtig hell hier drin wird und man die Skulpturen und Bilder gut sehen kann."

„Und wer soll deine Sachen kaufen?“, fragte Paul skeptisch.

„Na, die Leute, die zum Essen ins Deichschaf kommen natürlich.“ Yane und Paul fuhren herum. Im Türbogen lehnte Nils, der ihnen offensichtlich schon eine Weile zugesehen und -gehört hatte. „Wie findet ihr es? Gefällt euch die Idee?“ Er kam herein und legte den Arm um Paul und Yane. „Wenn ihr Lust habt, könnt ihr mithelfen.“ Er ging in die Knie und blickte Paul in die Augen. Nicht nur Paul konnte sehen, wie glücklich Nils war.

„Also ich hätte Lust“, sagte Yane und blickte Paul aufmunternd an. Der schaute erst auf seine Fußspitzen, dann zu Stella und schließlich zu seinem Vater. Stellas Gesicht war ein einziges besorgtes Fragezeichen, während Nils' Schnauz einen lustigen Schlenker nach links und dann nach rechts vollführte. Dazu zog er fragend die Augenbrauen hoch wie Charlie Chaplin, wenn er sich über etwas wunderte.

Paul musste lachen – und traute sich endlich, Vertrauen zu haben.

„Na gut, dann mach ich auch mit, wenn ihr auf meine handwerklichen Fähigkeiten nicht verzichten könnt.“

„Das können wir auf gar keinen Fall“, sagte Stella und wuschelte ihm durch die braunen Locken, wie es sonst nur Nils durfte.

Den Rest dieses Montagabends verbrachten sie mit Pläne-Machen für die Galerie. Yane wünschte, sie hätte so mit ganzem Herzen dabei sein können wie die anderen drei. Vier, wenn man Flop mitzählte, der, von dem fröhlichen Palaver angesteckt, die ganze Zeit über aufgeregt um sie herumtanzte. Aber immer wieder wanderten ihre Gedanken zu Lalas Zimmer und dem Geheimnis, das Opa Lollo darum machte. Wenn sie nur wüsste, warum.

Besuch für Yane

In den nächsten Tagen waren alle so beschäftigt, dass Yanes Grübeleien ein wenig in den Hintergrund rückten. Mit Feuereifer widmeten sie sich dem neuen Bauprojekt in der Remise. Nils hatte die Backsteine für die Fensteröffnung der Werkstatt ausgestemmt und den Glaser bestellt. Stella hatte literweise weiße Tünche besorgt und machte sich mit Quast und Farbeimer über die Backsteinwände her. Yane und Paul reinigten die noch brauchbaren Teile aus dem Gerümpelhaufen zwischen den Flügeltüren und putzten hingebungsvoll das große Sprossenfenster. Gleichzeitig mussten Nils und Stella sich natürlich um das Restaurant kümmern. Wegen des schönen Wetters kamen die Gäste in Scharen.

Yane und Paul halfen, wo sie konnten, und machten sich nur zwischendurch mal auf ihrem Baumhaus unsichtbar. Sie waren ganz dorthin gezogen und verbrachten nun auch die lauen Nächte hoch oben unter dem grünen Dach, dessen Blätter sie nach der anstrengenden Arbeit am Tag in Nullkommanichts in den Schlaf wisperten.

„Was wohl dein Opa macht, so ohne Schlüssel zu Lalas Zimmer? Er ist bestimmt schon ganz nervös.“

„Geschieht ihm recht“, sagte Yane gnadenlos und tastete nach Lalas Schlüssel unter ihrem Kopfkissen. „Jahrelang hat *er* den Schlüssel vor mir versteckt, jetzt bin *ich* eben dran.“

„Irgendwie tut er mir ein bisschen leid.“

„Das hätte er sich vorher überlegen sollen.“

Paul merkte schnell, dass in diesem Punkt mit Yane nicht zu reden war. „Na dann, gute Nacht“, nuschelte er schläfrig, drehte sich auf die Seite und schlief auf der Stelle ein.

Ganz im Gegensatz zu Yane. In dieser Nacht konnte sie überhaupt nicht einschlafen. Pauls Bemerkung hatte all die Fragezeichen wieder hervorgelockt, die es in ihrem Leben gab. Wie ein Film liefen die Ereignisse seit Ferienbeginn vor ihr ab, vermischt mit einzelnen Szenen aus ihrer Kindheit, an die sie sich vage erinnern konnte. Unruhig wälzte sie sich auf ihrer Matratze hin und her und versuchte, die richtige Schlafposition zu finden. Schließlich kletterte sie nach unten, weil sie mal musste. Leise hörte sie die Elbe ans Ufer platschen. Die Schatten um sie herum schienen sich zu bewegen und die Geräusche im Ufergestrüpp kamen ihr viel lauter und bedrohlicher vor als tagsüber. Es war unheimlich, und so schnell sie konnte verzog Yane sich wieder nach oben.

Nach einer Zeit, die ihr wie Wochen vorkam, legte sie sich mit dem Kopf ans Fußende der Matratze.

Manchmal konnte es von Nutzen sein, die Perspektive zu wechseln, auch wenn man eigentlich die Augen zumachen wollte. Es fing schon an zu dämmern, und vereinzelt begannen die Vögel ihr morgendliches Konzert. Ein milchig graues Licht fiel durch das Baumhausfenster. Sie hatten vergessen, die roten Vorhänge zuzuziehen. Egal. Den Schlüssel fest umklammert schlief sie gegen fünf Uhr morgens endlich erschöpft ein.

„Na, färbt dein Opa langsam auf dich ab?" Yane saß am Tresen bei Stella, die die Gläser vom gestrigen Abend spülte, und starrte in ihren Morgenkakao. „Außer ‚Moin' hast du heute noch kein Wort gesagt."

Ohne ihre Position zu verändern, hob Yane den Blick. Sie hatte das Gefühl, Schwimmringe unter den Augen zu haben. „Schlecht geträumt", war alles, was sie zur Erklärung hervorbrachte. Was wusste Stella schon von ihrem Opa. Ihre Probleme gingen sie außerdem gar nichts an, auch wenn sie sich brennend dafür zu interessieren schien. Warum sonst sah sie sie in letzter Zeit immer wieder so forschend von der Seite an, wenn sie glaubte, Yane bekäme es nicht mit?

„Denkst du nicht, er vermisst dich allmählich?"

„Soll er doch." Yane tauchte die Nase so tief in ihre Kakaotasse, dass sie nicht bemerkte, wie Stella erstaunt die Augenbrauen hochzog.

„Hattest du Ärger zu Hause?"

„Nee, aber Opa kriegt welchen, wenn ich wieder auf die Sankt Pauli komme."

Stella schmunzelte verhalten. „Was hat er denn gemacht? Heimlich dein Zimmer ausgemistet und deine Lieblingsmusik weggeworfen?"

Da platzte es wider Willen aus Yane heraus. „Im Gegenteil", fauchte sie. „Er hat alles aufgehoben. Das Bett, die Seemannskiste, ihre Klamotten und die vielen Schallplatten, die an der Wand hängen. Und er ist jeden Tag dort und macht sauber oder sonst was." Sie wischte sich eine Haarsträhne aus den Augen. „Nur das ‚heimlich' stimmt." Wütend rührte Yane mit ihrem Löffel in der Kakaotasse, bis deren Inhalt sich gefährlich dem Rand näherte.

Stella war blass geworden. „Nur damit ich das richtig verstehe", sagte sie langsam. „Du hast in deinem Zimmer Schallplatten an der Wand? Und du bist sauer, weil dein Opa ..."

„Nein, *ich* doch nicht. Ich hab nur ein paar CDs. Meine Mutter hatte welche an der Wand. In ihrem Zimmer. Aber ich hatte all die Jahre keine Ahnung, dass es dieses Zimmer überhaupt gibt. Opa Lollo hat es seit ihrem Tod vor mir geheim gehalten, und wenn ich nicht zufällig neulich den Schlüssel gefunden ..."

„Tot? Du glaubst, deine Mutter ist tot?"

„Das glaube ich nicht nur, das weiß ich. Ich hab dir doch erzählt, dass ich keine Eltern mehr habe."

„Aber ich dachte, sie sei …“

„Halbtot vielleicht?“, unterbrach Yane sie patzig. „Ein Gespenst, ein Phantom im weißen Nebelkleid?“

„Einfach nur weg“, sagte Stella tonlos.

„Oh ja, weg ist sie auf jeden Fall. Ziemlich weit sogar. Opa sagt, sie ist ein Stern. Und ich kann mir jeden Abend am Himmel einen neuen aussuchen, wenn keine Wolken da sind. Super, was? Und echt praktisch, so ’ne Mutter. Sie kann einem nirgendwo reinquatschen oder sonstwie auf die Nerven gehen.“ Yane knallte den Löffel auf den Tresen, dass nach allen Seiten Kakaotropfen spritzten.

„Yane …“, fing Stella an, doch in diesem Augenblick platzte Paul herein mit Flop im Schlepptau.

„Stella, kannst du mal kommen, der Glaser will dich was fragen.“ Stella blickte ihn an, als komme er von einem anderen Stern.

„Der Glaser?“, sagte sie geistesabwesend und hatte Mühe, ihre Augen wieder auf die richtige Brennweite einzustellen. „Ach, ja, der Glaser. Ist okay, sag ihm, ich komme sofort.“ Sie warf Yane ein Lächeln zu, das aussah, als müsse sie es in ihrem Gesicht festzurren, damit es nicht augenblicklich wieder verschwand. „Bin gleich wieder da. Warte hier auf mich.“ Sie ließ das Geschirrhandtuch fallen und folgte Paul und Flop zur Remise.

Aber Yane dachte nicht daran. Unwillig fuhr sie sich durchs verstrubbelte Haar. Ihr Gefühlsausbruch ausgerechnet vor Stella war ihr peinlich. Sie kannte sie doch gar nicht richtig. Und Mitleid war das Letzte, was sie wollte. Bloß weg hier. Sie stürzte den Rest des Kakaos hinunter und rannte Richtung Baumhaus davon.

Dort wartete auch jemand. Und zwar auf sie. Yane war schon halb die Leiter oben, bevor sie das orange Schlauchboot am Ufer entdeckte. Opa Lollo hatte den kleinen Außenbordmotor nach oben geklappt und war die letzten Meter zum Strand gepaddelt. Dort stand er jetzt und betrachtete anerkennend das hellblaue Baumhaus. „Tolles Ding", sagte er und fuhr sich mit der Hand durch den Bart. Er sah müde aus und etwas abgerissen, als habe er tagelang unter einer Brücke geschlafen, wenn überhaupt.

„Was machst *du* denn hier?" Langsam wandte Yane sich zu ihm um.

„Nach dir sehen. Traust du mir vielleicht nicht zu, dass ich dich vermisse?"

„Ich traue dir alles zu."

„Wie meinst du das?"

„Das weißt du ganz genau."

Opa Lollo versuchte ein schwaches Lächeln, als hoffe er noch immer, dass das, wovor er sich die ganze letzte Woche gefürchtet hatte, nicht wahr sei.

Yane drehte sich um und setzte ihren Weg nach

oben fort. Ein paar Sekunden später erschien sie wieder auf der Veranda.

„Willst du mir nicht vielleicht euer Baumhaus zeigen?" Opa Lollo ging auf die Leiter zu.

„Nein", erwiderte Yane. „Ich will dir was anderes zeigen." Und damit hielt sie den Schlüssel zu Lalas Zimmer in die Luft, den sie unter ihrem Kopfkissen hervorgeholt hatte. „Du interessierst dich doch gar nicht für das Baumhaus. Du interessierst dich doch nur für das hier. Das ist es, was du die ganze Zeit vermisst hast. Nicht mich."

Opa Lollos Züge fielen in sich zusammen. Das angestrengte Lächeln, das die ganze Zeit wie festgeschraubt in seinem Gesicht gesessen hatte, stürzte ein, als sei die Schraubenmutter zu Boden gepurzelt.

„Woher hast du den?"

„Ist beim Waschen aus deiner Hose gefallen", antwortete Yane und warf ihm den Schlüssel zu. „Du kannst ihn wieder haben. Ich brauche ihn nicht mehr."

Opa Lollo war bewegungslos stehen geblieben. Der Schlüssel plumpste neben ihm in den Sand.

„Ach, ja, und die Bretter vorm Bullauge kannst du auch wieder abmontieren", ergänzte sie spöttisch. „Sonst siehst du ja gar nichts, wenn du sie das nächste Mal besuchst."

„Du warst …?"

„Ja, ich war", schnitt Yane ihm das Wort ab. „Wurde

ja auch langsam mal Zeit, dass ich meine Mutter kennenlerne, findest du nicht? Oder jedenfalls das, was von ihr übrig ist."

„Ja", sagte Opa Lollo und bückte sich nach dem Schlüssel wie ein gebrechlicher, sehr alter Mann. „Es wurde Zeit … Komm nach Hause, Yane", sagte er, als er sich wieder aufgerichtet hatte. „Wir müssen reden."

Ohne ein weiteres Wort drehte er sich um und schlurfte zu seinem Schlauchboot. Umständlich kletterte er hinein, löste das Festmacherseil und stieß sich mit dem hölzernen Paddel vom Ufer ab. Dass er draußen auf der Elbe den Außenborder herunterließ, den Bug des Bootes Richtung Sankt Pauli richtete und einen letzten Blick zu ihr zurückwarf, sah Yane nur noch durch einen Schleier von Tränen.

Was sie nicht sah, war die rotpinke Gestalt, die sich vorsichtig aus dem Schilfgürtel vorm Strand zurückzog und langsam zum Bauwagen ging. Im Gegensatz zu Opa Lollo. Er hatte sie gesehen.

Ein ungebetener Gast

„Mensch, Yane, wo hast du denn gesteckt? Willst du gar nicht zuschauen, wie die neuen Fenster mit dem Kran angeliefert werden?“ Paul lief ihr über den Kies entgegen, als sie aus dem Schilfgürtel auftauchte. „Erst schläfst du bis zehn, dann hängst du ewig mit Stella in der Küche rum und am Ende bist du ganz weg.“

Yane versuchte ein schiefes Grinsen und hoffte, dass er die Tränenspuren in ihrem Gesicht nicht bemerkte. Sie hatte sich notdürftig mit Elbwasser gewaschen und jetzt vermutlich graugrüne Spuren von aufgewirbeltem Schlick im Gesicht. Forschend sah Paul sie an.

„Was soll denn diese Girlie-Sonnenbrille auf deiner Nase? Ich dachte, du stehst nicht auf so was. Außerdem scheint die Sonne gar nicht.“

„Geschenk von Elisa vom Kiosk“, murmelte Yane und schob die Brille so weit hinter die Ohren, dass ihre Wimpern die Gläser berührten. „Mir ist es trotzdem irgendwie zu hell heute.“

„Wo warst du denn?“ Paul ließ nicht locker.

„Ich hatte Besuch.“

„Besuch?“

„Opa Lollo war da. Beim Baumhaus.“

„Opa Lollo? Ich hab ihn gar nicht kommen sehen."

„Konntest du auch nicht. Er hat das Schlauchboot genommen."

Erstaunt sah Paul Yane an. „Weiß er, dass du seinen Schlüssel hast?"

„Den hab ich nicht mehr. Ich hab ihn zurückgegeben. Und jetzt will Opa Lollo, dass ich nach Hause komme. Er will mit mir reden."

„Hm, kann ich mir vorstellen." Paul kratzte sich an der Nase. „Und? Gehst du?"

„Weiß noch nicht. Muss ich erst drüber nachdenken."

„In der Zwischenzeit kannst du ja mit mir beim Kran zusehen. Gut, dass die Fenster heute schon kommen. Das Wetter scheint umzuschlagen. Im Radio haben sie gesagt, wir kriegen Sturm."

Sturm. Gegen den Sturm in ihrer Seele war ein echter Sturm ein Witz, fand Yane. „Ich komme gleich nach. Muss nur noch mal eben aufs Klo", sagte sie.

„Okay, bis gleich." Paul trollte sich.

Aber Yane wollte gar nicht zur Toilette. Sie hatte ein ganz anderes Bedürfnis. Sie wollte sich bei Stella entschuldigen, weil sie vorhin so einfach abgehauen war.

In der Küche und im Restaurant war sie nicht. Sie würde noch kurz im Bauwagen nachsehen, bevor sie zur Remise lief. Yane schlenderte über den Hof, stieg die drei grünen Holzstufen hinauf und klopfte. Die

Wagentür stand einen Spaltbreit offen, und kurz entschlossen trat Yane ein, ohne eine Antwort abzuwarten. Stella war nicht da, aber das Wageninnere sah einfach zu interessant aus, um sofort wieder zu gehen, ohne einen Blick darauf zu werfen.

Yane nahm die monströse Brille mit den dunkelrosa Gläsern ab, die selbst den wolkenverhangensten Himmel in eine kitschige Südseepostkarte verwandelte, und sah sich um. Ein paar von Stellas Schrottfiguren standen neben einem kleinen Holztisch unter dem Fenster. Ein dreiteiliger Spiegel mit leicht angerostetem Rahmen hing von einer Kette rechts daneben an der Wand. Yane musste lächeln, denn eigentlich sah Stella die meiste Zeit aus, als würde sie überhaupt nie in einen Spiegel gucken. Von einem Haken darunter baumelte eine altmodische Kamera in einem braunen Ledergehäuse. Neben dem Bett an der Schmalseite des Wagens stand eine Holztruhe mit flachem Deckel und einem grün angelaufenen Messingschild daran. Der Deckel der Truhe war geöffnet und lehnte an der Wand. Eine Kerze und ein Buch lagen auf dem Boden daneben. Wie magisch angezogen trat Yane näher.

Im geöffneten Deckel hingen zwei Bilder. Eines davon war ein mit Tusche gemaltes Kinderbild: Mama, Papa, Kind waren darauf zu sehen. Die Mama hatte leuchtend rote kringelige Haare. Der Papa trug einen blauen Overall und eine Pudelmütze, und das

Kind hatte knallblaue Augen und gelbe Haare. Yane richtete ihren Blick auf das zweite Bild. Es war eine Farbfotografie. Sie zeigte einen Mann mit braunen Haaren auf einem Sofa, aber nur von hinten. Sein Gesicht war bloß im Profil zu erkennen und wurde halb verdeckt von einem glatzköpfigen Baby, das über seiner Schulter hing und mit einer Hand am Ohr schläfrig in die Kamera blinzelte. Irgendetwas irritierte Yane an dem Foto.

Wer waren die beiden? Was konnte die Fotografie bedeuten? Etwa, dass Stella schon einen Mann und ein Kind hatte? Sollte Paul doch recht behalten mit seiner Befürchtung, Stella meine es nicht ernst mit Nils? Aber wozu dann der Aufwand mit der Galerie, wenn sie es nicht ernst meinte und womöglich anderswo eine Familie besaß? Fragen über Fragen tauchten auf und schlugen Purzelbäume in ihrem Kopf.

Yane fühlte sich, als tue sie etwas Verbotenes. Wie eine miese Schnüfflerin kam sie sich vor. Und eigentlich verspürte sie nicht die geringste Lust, sich auch noch mit anderer Leute Geheimnisse herumzuschlagen. Ihre eigenen, beziehungsweise die von Opa Lollo, reichten ihr gerade. Aber wenn Stella wirklich eine Betrügerin sein sollte, dann war es ja sozusagen ihre Pflicht, Nils zu warnen …

Sie ging in die Knie, um sich das grünliche Messingschild auf der Kiste anzusehen, aber die Buchstaben darauf waren so abgewetzt, dass man kaum etwas erkennen konnte. Das eine sah aus wie ein kleines c. Und dann konnte sie noch ein s entziffern, ein großes N oder M und ein r. Sie war so sehr auf die Buchstaben konzentriert, dass sie die Schritte, die sich auf dem Kies näherten, erst hörte, als sie schon fast die Treppenstufen erreicht hatten. Sie sprang hoch und fuhr herum, als mit einem Quietschen die Tür aufging. Mit einer Handvoll rostiger Werkzeuge stand Stella im Türrahmen. „Oh", sagte sie überrascht. „Eigentlich mag ich Besuch lieber, wenn ich zu Hause bin. Suchst du etwas?"

„Ja, … di…, dich", stotterte Yane und wurde flammend rot. Sie wusste nicht mehr, was sie sagen sollte, denn wenn Stella tatsächlich eine Betrügerin war, dann brauchte sie sich auch nicht bei ihr zu entschuldigen. Behutsam legte Stella das prähistorisch aussehende Werkzeug auf den Tisch.

„Na, was ist, Yane? Was willst du von mir?"

„Ehm, nichts. Nils braucht dich in der Küche", improvisierte sie, in der Hoffnung, dass Nils wirklich dort sein würde und nicht etwa die Arbeit mit dem Kran überwachte.

„Ist gut. Sag ihm, ich komme sofort." Yane atmete auf. Sie blickte von Stella zu dem Foto und wieder zu Stella.

„Wer ist das auf dem Foto da?"

„Jemand, den ich sehr lieb habe“, erwiderte Stella knapp und klappte den Deckel der Truhe zu. Sie wirkte erregt, obwohl sie versuchte, sich nichts davon anmerken zu lassen. „Sag jetzt bitte Nils Bescheid, dass ich gleich da bin.“ Sie schien sie loswerden zu wollen, obwohl sie doch vorhin in der Küche gesagt hatte, sie solle auf sie warten. Als Yane verwirrt die hölzerne Trittleiter hinunterstolperte, schloss sich energisch die Tür hinter ihr. Langsam ging sie zum Haus zurück. Das Foto. Wenn sie nur wüsste, was sie so sehr daran irritierte.

Yane fröstelte in ihrem T-Shirt und sah Richtung Himmel. Ein paar große graue Wolken trieben rasch dahin. Es hatte aufgebrist. Trockene Blätter wehten über den Hof, das Licht wirkte plötzlich herbstlich, und am Kran schwankte eine der großen schwarz gerahmten Flügeltüren aus Glas im Wind. Sie mussten sich beeilen, wenn sie die andere noch vor dem großen Regen im Mauerwerk verankern wollten.

Yane fasste einen Entschluss. Mit energischen Schritten ging sie zu Paul, der von einer Leiter aus das Geschehen am Kran verfolgte.

„Na, endlich! Du verpasst ja das Spannendste.“

Typisch Junge. Was sollte an einem Kran und einer Glastür so spannend sein. „Du, Paul“, druckste Yane herum. „Ich glaube, ich fahre nach Hause zu Opa Lollo.“

„Echt?“ Paul sah enttäuscht aus.

„Wenn er endlich mit mir reden will, dann sollte ich die Chance nutzen, bevor er sich's anders überlegt. Außerdem gibt es einfach zu viele Fragen, die ich nicht beantworten kann. Mein Kopf fühlt sich schon ganz eng an davon. Bald platzt er."

„Schade." Paul kletterte von seiner Leiter herunter. „Aber verstehen kann ich dich." Er grinste sie an. „Du sagst Bescheid, wenn du mich brauchst, okay? Wenn du zum Beispiel wieder durch Bullaugen gucken oder durch verschlossene Türen gehen willst."

„Klar. Und du erklär bitte Nils, dass ich plötzlich weg musste. Ich hol nur schnell meine Sachen und mein Rad."

„Mach ich."

Besorgter, als er ihr hatte zeigen wollen, sah Paul seiner Freundin hinterher, als sie im Schilf beim Baumhaus verschwand.

Es war ganz schön mühsam, zur Sankt Pauli zu kommen. Nicht nur weil Yane äußerst mulmig zumute war. Auch die Natur schien es ihr schwer machen zu wollen. Angestrengt strampelte sie auf dem Deich gegen den Wind an, der immer kräftiger von vorne blies. Als wolle er verhindern, dass sie jemals ankäme. Nach fast vierzig Minuten erreichte sie ziemlich außer Atem endlich das untere Ende von Chocolats Weide. Wäre er ein Pferd gewesen, hätte seine Mähne im Wind geflattert wie bei einem Wildpferd im gestreckten Galopp. Aber so stand sie wie immer störrisch und senkrecht in die Luft, und nur vereinzelte Böen vermochten seine Schwanzquaste in Bewegung zu setzen, während er in aller Seelenruhe Gras rupfte. Yane stellte ihr Fahrrad neben Jacques' Motorrad in den Unterstand, schwang ihren Rucksack über die Schulter und ging zum Schiff.

Wieder zu Hause

Yane gab sich keine Mühe, Geräusche zu vermeiden, als sie die Sankt Pauli betrat. Opa Lollo sollte ruhig gleich sehen, dass sie kein schlechtes Gewissen hatte oder sonstwie verschüchtert war. Im Gegenteil: Sie fühlte sich gestärkt durch ihr neues Wissen und verspürte sogar einen Hauch von Überlegenheit über Opa. Eigentlich musste *er* sich doch schlecht fühlen, weil er ihr jahrelang die Wahrheit verschwiegen hatte, oder?

Auf dem Weg in ihr Zimmer begegnete sie niemandem außer Ole, dem eine von Opas Mützen über die Schnauze hing, als sei es ein Maulkorb. In ihrem Zimmer sah alles aus wie immer. Das Bett war noch zerwühlt, und ein Haufen Klamotten türmte sich auf dem Sitzsack. Hier hatte Opa wohl nicht heimlich Staub gewischt. Yane warf den Rucksack aufs Bett und machte sich auf die Suche nach ihm. Als sie zum Niedergang kam, stellte sie fest, dass das Regal weg war. Das Regal vor Lalas Zimmertür. „Aha“, sagte sie zu sich selbst. „Das brauchen wir jetzt wohl nicht mehr.“ Der Schlüssel steckte von außen, aber Yane verspürte keine Lust, das Zimmer zu betreten. Opas neues

Vertrauen in sie kam ein bisschen spät. Wo steckte er eigentlich? Inzwischen müsste er doch mitbekommen haben, dass sie wieder da war.

Sie schaute in die Kombüse, die ziemlich unaufgeräumt wirkte, und sah auf dem Vorschiff nach. Dort baumelte immer noch die Wäsche, die sie aufgehängt hatte, bevor sie mit Paul weggegangen war. Das heißt, wegen des starken Windes hing sie fast quer in der Luft. Im Salon standen lediglich Opas Cognacflasche und zwei leere Gläser auf dem Sofatisch, den klebrige Cognacspuren zierten. Opa selbst war nicht da. Yane durchsuchte das ganze Schiff, vom Maschinenraum bis zu Opas eigenem Zimmer. Keiner da.

„Es wird ihm doch wohl nichts passiert sein." Langsam begann Yane, sich Sorgen zu machen. War ihm etwa mit dem Schlauchboot etwas zugestoßen, auf dem Rückweg vom Baumhaus? War er gar nicht mehr bei der Sankt Pauli angekommen? Sie musste das Schlauchboot finden.

Yane rannte zu dem Platz neben der Gangway, wo das orange Gummiboot normalerweise angebunden war. Es war weg. Gerade, als Panik anfing, in ihr hochzusteigen, hörte sie Hammerschläge auf metallenem Untergrund. „Klong, klong, klong." Das kam von achtern. So schnell sie konnte, lief sie zum Achterdeck und sah hinunter aufs Wasser. Ihr Großvater stand mehr oder weniger aufrecht in dem auf den Wellen schwankenden Gummiboot und schlug mit einem Kautschukhammer auf den Metallring um den hinteren Duckdalben ein, an dem die Sankt Pauli festgemacht hatte. „Da bist du ja“, rief Yane. „Gott sei Dank. Ich hab mir schon Sorgen um dich gemacht.“

„Nicht nötig“, erwiderte Opa Lollo und wischte sich den Schweiß von der Stirn, den die Anstrengung verursachte, das Boot gerade zu halten. „Aber wir bekommen Sturm. Ich muss die Festmacherleinen doppelt sichern. Der Metallring hier, an dem die Leinen befestigt werden, ist mir nicht mehr ganz geheuer.“ Mühsam ließ er sich in dem wackeligen Boot auf die Knie sinken, drehte sich zu Yane und sah sie mit einer Mischung aus Erschöpfung und Erleichterung an. „Dabei ist es noch gar nicht die Jahreszeit für Sturm. Wir haben doch noch Sommer.“

„Brauchst du noch lange?“

„Ich hoffe nicht. Du kannst ja schon mal reingehen und Radio hören. Bestimmt gibt es Hochwasserwarnungen.“

„Mach ich. Bis gleich dann.“ Yane blickte zum Himmel und runzelte die Stirn. Das sah nicht gut aus. Sie ging in die Kombüse und schaltete das Radio ein. Es war noch ein wenig Zeit bis zu den Nachrichten. Sie schnappte sich den Wäschekorb und lief raus aufs Vordeck, um endlich die Wäsche einzusammeln, bevor sie in der Elbe landete. Eines von Opas Hemden hing nur noch an einer Wäscheklammer und war kurz davor, sich für immer zu verabschieden. Yane musste sich schon fast gegen den Wind stemmen, um nicht umgeweht zu werden. So gut es ging, rollte sie noch schnell die grüne Markise ein, die in den Windböen Geräusche machte wie ein flatterndes Segel. Als sie schließlich, den vollen Wäschekorb unter dem Arm, wieder nach drinnen wollte, riss der Wind ihr fast die Tür aus der anderen Hand.

Sie ging in den Salon, in dem es roch, als sei tagelang nicht gelüftet worden. Yane rümpfte die Nase und riss eines der Salonfenster auf.

Wo Opa Lollo bloß blieb. Ob er immer noch draußen mit dem widerspenstigen Schlauchboot kämpfte? Gerade, als Yane nachsehen wollte, hörte sie die Erkennungsmelodie der Nachrichten im Radio. Rasch schloss sie das Fenster und lief in die Kombüse. Sie setzte sich an den Tisch und konzentrierte sich auf die Meldungen. „Im Anschluss an die Nachrichten hören Sie eine Unwetterwarnung des Deutschen Hydrographischen Instituts für den Bereich der deutschen Nordseeküste und der Deutschen Bucht", sagte der Sprecher und kurz darauf kam die Meldung im Detail: *„Im Laufe des späten Nachmittags ist mit Orkanböen der Windstärke 12 mit Windgeschwindigkeiten bis zu 120 Kilometern pro Stunde zu rechnen. Dabei wird das Nachmittagshochwasser in Hamburg St. Pauli einen Pegel von*

2,20 m bis 2,50 m über dem mittleren Hochwasser erreichen. Es ist insbesondere für die tief liegenden Gebiete der Elbe und des Hafenbereichs mit schweren Überschwemmungen zu rechnen. Anwohner dieser Gebiete werden aufgefordert, entsprechende Maßnahmen zu ergreifen und diese Gebiete zu räumen."

Na, das konnte ja spannend werden. Yane stand auf und schaltete das Radio aus. Wenn sie auf dem Pendelsofa auf dem Vordeck der Sankt Pauli saßen, würden sie bei Hochwasser über den Deich sehen können. Aber wer hielt sich bei solchem Wetter schon auf dem Vordeck auf. Außerdem würde das Sofa wahrscheinlich in Schwingungen geraten wie das Kettenkarussell auf dem Jahrmarkt. Nein, sie würden die Schotten dicht machen und gemütlich drinnen sitzen, während um sie herum die Elemente tobten. Jetzt war Yane dankbar, dass sie auf einem Schiff lebte. Da konnte wenigstens kein Keller volllaufen. Und da sie sich auch nicht auf hoher See befanden, würden sie Wind und Wellen nur in Maßen ausgesetzt sein. Die Sankt Pauli würde einfach nur aufschwimmen. Die Metallringe um die beiden Duckdalben, an denen sie befestigt war, würden mit dem auflaufenden Wasser nach oben wandern und das Schiff mit ihnen. Natürlich konnte es ein bisschen unruhig werden, aber das kannte Yane schon.

Um die Sankt Pauli brauchte sie sich keine Sorgen zu machen. Aber was war mit dem Baumhaus? Hoffentlich lag es hoch genug, und hoffentlich dachten Paul und Nils daran, die Leiter wegzunehmen. Wenn das Wasser den Sand unter der Leiter wegspülte, konnte sie instabil werden und abknicken. Und im schlimmsten Fall ganz weggerissen werden und davonschwimmen. Dann würden sie in Zukunft am Seil hinaufklettern müssen, denn wie es aussah, hatte Stella keine Zeit mehr für Baumhäuser. Na ja, würde schon nicht so doll werden.

Um sich die Zeit zu vertreiben, bis Opa Lollo wieder an Bord sein würde, begann Yane, den Abendbrottisch im Salon zu decken. Sie füllte gerade den Brotkorb mit den spärlichen Brotresten, die noch an Bord waren, als sie ihren Großvater den Niedergang heraufkommen hörte. Er ging schwerfälliger als sonst, seine Haare waren windzerzaust und standen in alle Himmelsrichtungen ab, als er endlich die Kombüse betrat. In seinem Gesicht zeichneten sich tiefe Furchen ab, und erschöpft ließ er sich auf einen Küchenstuhl fallen.

„Na, hast du's hingekriegt?", fragte Yane, um etwas Verbindliches zu sagen.

„Gerade so. Aber es wird wohl halten."

„Klar." Sie nahm den Brotkorb in beide Hände. „Kommst du mit? Wir essen heute im Salon. Du bist doch sicher hungrig."

„Stimmt. Ich könnte jetzt gut was vertragen." Opa

Lollo erhob sich. „Ich zieh mir nur eben was Trockenes an. Ich habe mir bei der Aktion ziemlich nasse Füße und Hosenbeine geholt."

„Okay, dann mach ich uns inzwischen noch einen Pfefferminztee."

Als Opa Lollo wiederkam, saß Yane bereits seit zehn Minuten auf dem Sofa im Salon und wartete. Er hatte sich umgezogen und die Haare gekämmt. Mit seinem dicken dunkelblauen Pullover mit dem Reißverschluss am Rollkragen sah er aus wie der Inbegriff eines alten Seebären. Er ließ sich auf seinem braunen Ledersessel nieder und griff dankbar zu dem Becher Tee, den Yane ihm hinhielt. Er umschloss ihn mit beiden Händen und nahm ein paar kleine Schlucke. „Das tut gut", sagte er und lächelte ihr zu. „Ich bin froh, dass du gekommen bist … Nicht nur wegen des Tees", setzte er nach einer Pause hinzu.

Das Abendessen nahmen sie mehr oder weniger schweigend ein, jeder in seine eigenen Gedanken versunken. Sie wussten beide, dass ihnen ein schwieriges Thema bevorstand. Aber Yane sah nicht ein, dass sie den Anfang machen sollte. Das musste Opa Lollo schon alleine hinkriegen, auch wenn sie ihm ansah, wie schwer es ihm fiel.

Draußen nahm der Sturm zu. Er pfiff durch die Weiden, heulte über den Rumpf der Sankt Pauli und blähte die geblümte Plastikplane auf, die Yane um das grüne Sofa auf dem Vordeck befestigt hatte, damit es nicht nass wurde. Es hatte zu regnen begonnen. Die Regentropfen peitschten von Nordwesten gegen die Fensterscheiben und liefen eilig in immer neuen, im Licht des Salons glänzenden Tropfenspuren daran herunter. Opa Lollo schenkte Yane noch einen Tee ein. Für sich selbst holte er den Cognac und ein Glas aus dem Einbauschrank und zündete sich seine Pfeife an. Yane wartete. Sie hatte die Beine hochgezogen und es sich in der Sofaecke bequem gemacht. In der anderen saß Gertrud und pflegte mit Hingabe ihren struppigen Schwanz.

Nach einer Zeitspanne, die sich wie Stunden anfühlte, atmete Opa Lollo schließlich tief durch und räusperte sich. „Ich weiß gar nicht, wo ich anfangen soll“, begann er, als ob Yane das nicht schon selbst gemerkt hätte.

„Ganz egal“, erwiderte sie ungeduldig. „Vorne, hinten oder mittendrin. Aber bitte endlich mit der Wahrheit.“

Opa Lollos Geheimnis

„Es war *mein* Motorrad“, begann Opa Lollo. „Es hat mich all die Jahre fast um den Verstand gebracht, dass es mein Motorrad war, mit dem Jacques verunglückte. Ich hatte es deinen Eltern zur Hochzeit geschenkt. Sie waren so glücklich miteinander.“ Um Opa Lollos Mundwinkel zuckte es, und die beiden Furchen zwischen seinem Mund und der Nase wurden dadurch noch tiefer. „Weißt du, es war nicht immer so einfach für deine Mutter, alleine mit ihren Eltern auf einem Schiff zu leben. Sie hat sich nach anderen Menschen gesehnt. Und als sie alt genug war, irgendwann nach einem Mann.“ Opa Lollo beugte sich nach vorn zu seinem Cognacglas. Yane hielt den Atem an. Sie wollte ihren Großvater auf keinen Fall unterbrechen.

„Sie hat deinen Vater in einer Hafenkneipe in der Normandie kennengelernt. Das ist im Norden von Frankreich. Er stand dort am Tresen, trank einen Rotwein und unterhielt sich mit dem Wirt. Er gefiel ihr sofort. Jacques, meine ich, nicht der Wirt. Das habe ich gesehen.“

„Du warst dabei?“, fragte Yane erstaunt und vergaß ihren Vorsatz, Opa Lollo nicht zu unterbrechen.

„Ja, ich war auf der Suche nach einem neuen Bootsmann. Der vorige hatte uns im letzten Hafen unerwartet verlassen. Das war nicht weiter schlimm. Er war sowieso ein komischer Kauz gewesen." Er nahm einen Schluck aus seinem Glas. „Und da dachte ich, fragst du mal beim Hafenwirt nach. Vielleicht kennt er jemanden, der auf einem Küstenfrachter anheuern würde, der die Nordseeküste auf- und abschippert."

„Und der Jemand war Jacques?"

„Ja. Mir gefiel er auch. Und ich konnte verstehen, dass Lala sich auf den ersten Blick verliebt hat. Er war groß und drahtig und sah aus, als könne eine Frau sich bei ihm sicher fühlen. Als er sie aus seinen etwas spöttischen braunen Augen anlächelte, war es um sie geschehen. Sie war zwanzig Jahre alt damals. Jacques war siebenundzwanzig."

Gedankenverloren blickte Opa Lollo nach draußen. Regentropfen liefen wie Ströme von Tränen die Fensterscheiben hinab. Opa schien sie nicht zu sehen.

„Und dann?", fragte Yane, um ihn wieder zurückzuholen in den Salon.

„Dann", fuhr Opa Lollo fort, „holte Jacques seine Seemannskiste und seinen Seesack und ging an Bord der Stella Maris. Ich musste richtig aufpassen, dass deine Oma Fritzi sich nicht auch gleich in ihn verguckte."

„Sie mochte ihn auch?"

„Wir mochten ihn alle. Für deine Großmutter und mich wurde er wie ein Sohn. Als er verunglückte, hatte ich das Gefühl, schuld zu sein an seinem Tod, weil ich es war, der ihm das Motorrad geschenkt hatte. Und ich dachte, auch Lala gibt mir insgeheim die Schuld dafür, selbst wenn sie es nie ausgesprochen hat. Ich habe mir solche Vorwürfe gemacht und tue es heute noch. Jeden einzelnen Tag meines Lebens habe ich es seither bereut."

Yane schluckte. „Und ich?", fragte sie zaghaft. „Wann kam ich?"

„Du kamst eineinhalb Jahre, nachdem Jacques bei uns angeheuert hatte. Oma Fritzi und ich, wir haben uns so gefreut über unser erstes Enkelkind. Und dein Vater war der stolzeste Mann, den du dir vorstellen kannst. Sowie er eine Minute frei hatte, hat er dich aus deiner Wiege geholt und mit dir gespielt. Er saß auf dem grünen Sofa, das hatten wir schon auf der Stella Maris, und hat dich mit seinem Bart gekitzelt, bis du vor Vergnügen quiektest wie ein kleines Ferkel."

„Und Mama?" Yane fiel auf, dass sie zum ersten Mal „Mama" dachte und nicht „Lala".

„Deine Mutter hat zugeschaut und gelächelt. Selig sah sie aus. Selig vor Glück. Sie wollten noch mindestens vier Kinder haben, die beiden." Bei der Erinnerung an seine glückliche Tochter schlich sich ein kleines Lächeln auf Opas Gesicht, das sofort wieder erlosch. „Ich bin schuld daran, dass du keine Geschwister hast, Yane. Und keine Eltern. Statt eine Familie zu haben, wie es sich gehört, musst du ganz alleine mit deinem schrulligen alten Großvater auf einem ebenso alten Kahn leben, der für immer hier festsitzt."

Wieder verfiel Opa Lollo in Schweigen. Yane registrierte plötzlich, wie heftig der Wind heulte und an den Festmacherketten der Sankt Pauli riss. Das ganze Schiff wurde hin und her gezerrt, und wenn ein besonders starker Brecher kam, schien ein Zittern vom Bug bis zum Heck die Sankt Pauli zu durchlaufen. Das grüne Sofa unter der Regenplane auf dem Vordeck quietschte schaurig an seinen Ketten, als säße ein Gespenst darin, das sich einen Spaß daraus machte, so wild damit zu schaukeln wie möglich.

Opa Lollo kam wieder zu sich und sah besorgt nach draußen. „So doll war das aber schon lange nicht mehr. Wenn dieser Sturm hier vorbei ist, muss ich unbedingt die Metallringe an den Dalben erneuern."

„Was ist mit Mama passiert, als Jacques gestorben ist?" Yane konnte sich keine Gedanken über das bisschen Sturm da draußen machen. Der war nichts gegen den Aufruhr, den Opas Worte in ihr auslösten.

„Sie hat aufgehört zu sprechen, sagte nur noch das Nötigste. Und sie hat aufgehört zu lächeln. Nach Jacques' Seebestattung haben wir die Stella Maris in Hamburg verkauft und die ausrangierte Hafenfähre

Sankt Pauli zu einem Hausboot umbauen lassen. Du warst dreizehn Monate alt und fingst an zu laufen, und wir wollten nicht, dass dir auf See auch noch etwas passiert. Nach zwei Monaten in einem kleinen Gasthof haben wir die Sankt Pauli nach Kollmar verholt und seitdem sind wir hier. Du hast mit deiner Mutter in dem Zimmer gewohnt, das du vor ein paar Tagen entdeckt hast."

Yane nickte. „Hat Mama mit *mir* gesprochen?"

„Nein. Sie hat dich nur immerzu im Arm gehalten und gestreichelt. Mechanisch, als merke sie gar nicht, was sie tut." Bei dem Gedanken an seine sprachlose Tochter schien es Opa Lollo das Herz zu zerreißen. Um seine Mundwinkel zuckte es wieder. Yane nahm seine große, vom Ringen mit dem Duckdalben zerkratzte Hand in ihre kleine.

„Warum hast du mir Mamas Zimmer nie gezeigt und fast nie über sie gesprochen?"

„Ich konnte es nicht aushalten." Opa Lollo blickte sie an. „Ich fühlte mich so … schuldig. Und …" Er zögerte. „Du siehst ihr sehr ähnlich."

Yane sah zu Boden. Eine Träne lief ihr über die Wange. Sie drückte Opa Lollos Hand. „Hat Mama … hat Mama sich das Leben genommen? Aus Kummer, weil sie mit mir alleine war?" Jetzt war es heraus. Die Frage, vor der Yane sich immer gefürchtet hatte und die schon seit langer Zeit in ihr rumorte.

Erschrocken blickte Opa Lollo sie an.

„Du hast mir nie erzählt, wie Mama gestorben ist. Immer hast du dich so komisch ausgedrückt: ‚Lala ist Jacques gefolgt. Lala ist von uns gegangen. Deine Mutter ist ein Stern.' Sag mir endlich die Wahrheit, Opa. Wollte sie lieber tot sein als mit mir alleine?"

Opa Lollo seufzte tief und schüttelte den Kopf. Er hatte keine Ahnung gehabt, was die Ungewissheit in Yane ausgelöst hatte. „Nein, das wollte sie nicht, Yane", sagte er. „Sie hat sich nicht das Leben genommen."

„Aber wie ist sie *dann* gestorben? Ist es so schrecklich, dass du es mir nicht sagen willst?"

Wieder schüttelte Opa Lollo den Kopf. „Ich weiß nicht, ob du das verstehen kannst, Yane …"

„Was denn?"

„Das war noch nicht alles."

„Was denn noch?"

Opa Lollo wischte sich ein paar Schweißtropfen weg, die sich auf seiner Stirn gebildet hatten. „Deine Mutter ist kein Stern."

„Weiß ich doch, Opa", sagte Yane erleichtert und musste fast lachen. „Sie ist eine Meerjungfrau und wohnt bei Papa in der Nordsee. Aber wie ist sie dahin gekommen?"

„Nein, Yane. Sie ist auch keine Meerjungfrau." Opa Lollo stand auf, ging ans Fenster und blickte nach draußen in den tobenden Sturm, ohne ihn wirklich wahrzunehmen. „Aber dass sie gegangen ist, ist wahr.“ Er drehte sich zu ihr um. „Eines Tages, du warst zwei Jahre alt, da ist sie einfach verschwunden.“

„Verschwunden?“

„Ja, sie ist weggegangen. Sie hat dich bei Oma Fritzi und mir zurückgelassen und ist nie wiedergekommen.“

„Weil sie tot ist?“

„Nein.“ Opa Lollo ging die paar Schritte zum Sofa zurück und setzte sich schwerfällig neben Yane. Er sah ihr in die Augen. „Lala ist nicht tot, Yane. Deine Mutter lebt.“

Deine Mutter lebt – etwas in Yane schien zu zerreißen. Etwas, das sie seit Jahren in Anspannung gehalten hatte wie ein überdehntes Gummiband. Mit offenem Mund starrte sie ihren Großvater an.

„Das ist nicht wahr“, schrie sie und begann, wie von Sinnen mit beiden Fäusten gegen Opa Lollos Brust zu trommeln. „Das ist nicht wahr. Du lügst.“

„Nein“, sagte Opa Lollo erschöpft und nahm Yane so fest in den Arm, dass sie aufhören musste, um sich zu schlagen. „Es ist so wahr, wie ich hier sitze. Deine Mutter lebt.“ Da begann Yane zu schluchzen, als wolle sie nie wieder in ihrem Leben damit aufhören.

Dass sie doch wieder aufhörte, und zwar schon ziemlich bald, lag an Franz. So hatten die Meteorologen das Tief getauft, das um sie herum den Himmel zum Weinen und die Elbe zum Kochen brachte.

Denn da war noch etwas, das der jahrelangen Belastung nicht länger standhielt. Kaum eine halbe Minute hatte Opa Lollo seine schluchzende Enkeltochter im Arm gehalten, da zerbarst mit einem Knall, der wie ein Peitschenhieb die Luft zerschnitt, der Metallring um den Duckdalben, an dem die Achterkette der Sankt Pauli befestigt war. Das lose Kettenende wurde in die Luft geschleudert und rasselte mit ohrenbetäubendem Lärm auf das Achterdeck nieder. Das Heck der Sankt Pauli trieb Richtung Elbe, wodurch sich die Vorleinen zum Zerreißen anspannten. Doch bevor auch die vordere Kette gesprengt wurde, erwischten drei kräftige Wellen von querab das Schiff mit voller Breitseite und setzten es mit Wucht auf die steinerne Uferböschung. Yane und ihr Großvater konnten nichts tun, außer sich krampfhaft irgendwo festzukrallen.

Es knirschte, kreischte und stöhnte unheilvoll im Rumpf, als die metallene Hülle der ausgedienten Hafenfähre immer wieder auf die scharfkantigen Gesteinsbrocken krachte. Als leide sie an einer schweren Bronchitis mit unbezwingbaren Hustenanfällen, die ihr nun den Rest zu geben drohten. Dann neigte sich die Sankt Pauli ächzend zur Elbseite hin und begann, durch ein kloschüsselgroßes Leck in der Außenhaut voll Wasser zu laufen.

Auf Grund

„Was ist denn passiert?“ Yane wischte sich mit dem Ärmel die Tränen aus dem Gesicht und sah sich um. Durch die Wucht des Aufpralls war das Sofa mit Karacho an die Backbordwand gedrückt worden. Opa Lollo war mit dem Kopf gegen den Fensterrahmen geknallt und hielt sich die rechte Schläfe, während Yane sich mit aufgeschlagenem Knie auf den Bodendielen wiederfand. Diese verliefen zwar noch immer parallel zueinander, waren aber an der Backbordseite deutlich nach unten geneigt. Neben Yane hatte sich der Sofatisch zwischen einem Regal und Opa Lollos Sessel verkeilt. Die Cognacflasche und Opa Lollos Glas hatten die Rutschpartie nicht überlebt. Ihr Inhalt tropfte durch die Ritzen zwischen den Dielen und verbreitete einen starken, aber nicht unangenehmen Geruch im Salon. Überall lagen Glassplitter und die Reste vom Abendessen herum.

Gertrud, die vom Sofa quer durch den Salon geschleudert worden war, schien als Einzige unverletzt und rümpfte, nachdem sie sich einigermaßen berappelt hatte, die Nase über die Überdosis Cognac in der Luft. Dann stolzierte sie zu der Salamischeibe, die auf der

Rückenlehne von Opa Lollos Ledersessel klebte, und fraß sie in aller Ruhe auf.

„Wir sitzen fest“, stöhnte Opa Lollo und versuchte angestrengt, sich wieder aufzurichten. „Nur von hoch und trocken kann wohl keine Rede sein.“

Die Sankt Pauli hatte so starke Schlagseite, dass selbst die Katze mit ihren vier Beinen Mühe hatte, dagegen anzukommen. Ole versuchte es erst gar nicht, obwohl sein Schwanz reflexartig zu zucken schien, als er wie in Zeitlupe über die Schwelle zum Salon kullerte und mit allen vier Pfoten in der Luft unter dem Sofatisch liegen blieb.

Opa Lollo ließ sich zurück ins Sofa fallen und betrachtete erstaunt das schmale rote Rinnsal, das zwischen seinen Händen hindurchgesickert war. „Bist du okay?“

„Ich denke schon.“ Vorsichtig betastete Yane ihr Knie. „Jedenfalls äußerlich.“

Hohe Wellen klatschten weiterhin in rhythmischen Abständen gegen den Rumpf und Yane war, als würde sich ihr Mageninhalt im gleichen Rhythmus auf- und abbewegen. „Sinken wir jetzt?“

„Nein, dafür liegen wir zu hoch. Aber wahrscheinlich sind wir leckgeschlagen und demnächst steht dein Bett unter Wasser oder der Maschinenraum. Ich muss runter nachsehen, ob ich etwas tun kann.“

„Aber du bist verletzt. Du blutest am Kopf.“

„Das ist nichts. Nur ein Kratzer“, sagte Opa Lollo und wischte nachlässig über die Stelle oberhalb seiner Schläfe, wo das graubraune Haar eine rötliche Färbung angenommen hatte.

„Ich komme mit“, sagte Yane und zog sich entschlossen an der Sofakante hoch.

„Kommt nicht infrage.“ Opa Lollo hatte es endlich geschafft, auf die Beine zu kommen, und bewegte sich mit erstaunlicher Geschicklichkeit auf den Niedergang zu, der schräg in der Luft zu hängen schien. „Du bleibst hier. Ich bin gleich wieder da. Schließlich bin ich an Seegang gewöhnt, im Gegensatz zu dir.“ In Opa Lollos Stimme lag die Autorität des ehemaligen Kapitäns, sodass Yane nicht wagte, seiner Anweisung zuwiderzuhandeln. Ihr blieb nichts übrig, als mit zusammengekniffenen Lippen zuzusehen, wie ihr Großvater sich die schlüpfrigen Metallstufen hinabkämpfte, und abzuwarten, was passieren würde.

Es schien Stunden zu dauern, bis er wieder auftauchte, auch wenn es in Wirklichkeit nur ein paar Minuten waren. Selbst das Chaos in ihrem Kopf vermochte Yane nicht von ihrer Angst um Opa Lollo abzulenken. Angespannt lauschte sie auf jedes Geräusch, das aus dem Bauch des Schiffes nach oben drang. Endlich erschien ein störrisches Büschel graubrauner Haare über dem Treppengeländer. Und dann der ganze Opa Lollo, nass bis zum Bauch und mit einem Paar Gummistiefeln und einem altmodischen kleinen Koffer in der Hand, die er von irgendwo gerettet hatte.

„Gott sei Dank, da bist du ja." Yane atmete auf. „Sieht es sehr schlimm unten aus?"

„Wir haben Glück im Unglück." Opa Lollo bemühte sich, zuversichtlich dreinzublicken. „Der hintere Frischwassertank läuft voll. Nichts zu machen. Wir müssen hoffen, dass die Schotten zu den Wohnräumen halten, sonst hast du ab morgen ein Wasserbett."

„Ist mir egal." Yanes Erleichterung darüber, dass Opa Lollo zurück war, machte der Wut und Verzweiflung Platz, die seine Worte über ihre Mutter ausgelöst hatten.

Ein Wasserbett! Na und? Dann würde sie eben ein Wasserbett haben. Was war schon ein Wasserbett gegen eine tote Mutter, die plötzlich wieder lebendig war. Die Ereignisse unmittelbar vor ihrer Havarie überschwemmten Yane von Neuem wie die Sturmflut, die unter Deck für Verwüstung sorgte. Mit dem Unterschied, dass *sie* nicht einfach die Schotten dichtmachen konnte, um eine plötzlich wieder auferstandene Mutter aus ihrem Bewusstsein zu drängen. Ihr war, als würde sie von einem Strudel unter Wasser gezogen, obwohl sie zusammengekauert auf dem schräg an der Wand lehnenden Sofa saß.

Opa Lollo hatte ihr Märchen erzählt. Die ganzen Jahre über hatte er ihr Märchen erzählt. Von Eltern, die angeblich Sterne waren oder Meerjungfrauen, weil er dachte, das sei für sie leichter zu ertragen als die Wahrheit.

„Woher willst du wissen, dass sie lebt? Telefonierst du jeden Tag mit ihr, oder was?“

In Yanes Wäschekorb in der Kombüse hatte Opa Lollo noch eine trockene Hose gefunden, in die er sich wegen der Schräglage mit fast akrobatischen Verrenkungen hineinwurstelte. Yanes Worte erwischten ihn mitten in dem Versuch, mit seinem Fuß den Eingang zum linken Hosenbein zu treffen. Er geriet ins Taumeln und musste sich mit beiden Händen an der Spüle festhalten. „Nein“, sagte er, als er sich endlich neben Yane aufs Sofa sinken ließ. „Das tue ich nicht.“ Den kleinen braunen Koffer mit dem abgewetzten Gürtel darum hatte er neben das Sofa gestellt. „Ich weiß es von ihren Briefen.“

„Briefe? Sie hat dir Briefe geschrieben?“

„Nicht mir. Dir hat sie Briefe geschrieben. Jede Woche einen, seit du vier Jahre alt warst. Aber ich habe es nicht fertiggebracht, sie dir zu zeigen. Du warst noch so klein …“

Yane fehlten die Worte. Opa Lollo beugte sich nach vorn und zog den Koffer zu sich hoch. Er legte ihn quer über seine Knie und öffnete mit zitternden Fingern den abgegriffenen Gürtel. Die metallenen Schließen klickten und sprangen auf, als er die Schiebeknöpfe nach rechts drückte. Er hob den Deckel an, und Yanes Blick fiel auf einen Berg von Briefen mit fremdländischen Briefmarken darauf. Und mit Lalas großzügig geschwungener Handschrift:

Yane Morel stand auf den Briefen
c/o Kapitän Louis Petersen
Sankt Pauli
25377 Kollmar
Allemagne

„Es sind 321 Stück“, sagte Opa Lollo und schob den Koffer zu Yane hinüber. „Lala hat sie postlagernd geschickt. Ich musste sie auf dem Postamt abholen. Deshalb hast du nichts davon mitbekommen.“

Vorsichtig berührte Yane mit dem Zeigefinger einen weich gepolsterten hellblauen Umschlag mit einer Löwenzahnbriefmarke darauf. Der Poststempel war vom 4. April 2005. Da war sie sieben Jahre alt gewesen. Die Briefe waren ungeöffnet. Fragend sah sie ihren Großvater an.

„Sie sind alle für dich“, sagte Opa Lollo. „Ich wollte sie dir geben, wenn du alt genug sein würdest, um das alles zu verstehen.“

„So alt kann man gar nicht werden“, sagte Yane leise und nahm den Brief aus dem Koffer. Sie drehte ihn um. Statt eines Absenders stand dort nur ein einziges Wort: *Mama*. Yanes Tränen verwischten die türkisfarbene Tinte, mit der das Wort geschrieben war.

„Seit ein paar Wochen kommen keine Briefe mehr“, sagte Opa nach einer Weile, in der er Yane ihren Gefühlen und Gedanken überlassen hatte. Erschrocken blickte Yane ihn an. „Zuerst wusste ich nicht, was das bedeutet, ob es ein gutes oder ein schlechtes Zeichen ist“, Opa Lollo fuhr ihr zärtlich über den Kopf, „aber ich glaube, jetzt weiß ich es.“

„Was denn? Was bedeutet es?“

Zu einer Antwort kam Opa Lollo nicht mehr. Yane wollte gerade den Brief zurücklegen, als plötzlich ein Ruck durch das ganze Schiff ging, begleitet von einem mahlenden Geräusch, das mit 150 Dezibel die Stille zerriss, die im Salon herrschte. Der Kofferdeckel klappte zu, Opa Lollo und der Koffer wurden gegen Yane gedrückt, während das Heck des Schiffes sich langsam nach unten neigte, bis der Bug fast aus dem Wasser ragte und das Sofa an der Wand entlangrutschte, bis es mehr oder weniger hochkant stand.

„Ich glaube, wir sollten lieber anderswo Platz nehmen“, sagte Opa Lollo ganz ruhig, als das Getöse im Schiff endlich verebbt und die herumpurzelnden Möbel in den absonderlichsten Lagen zum Stillstand gekommen waren. „Der Frischwassertank scheint voll zu sein. Und hier wird es langsam ungemütlich.“

Bepackt mit allen Decken, die sie in dem Durcheinander finden konnten, und mit dem kostbaren Koffer mit den Briefen kletterten Yane und ihr Großvater durch ein Schiebeluk nach draußen auf das gefährlich abschüssige Vorschiff. Die Gangway, ihre hölzerne Verbindung zum Land, war bereits ins Wasser gestürzt, als die Achterkette der Sankt Pauli gerissen war. Von Bord konnten sie nicht, und so installierten sie sich mehr schlecht als recht unter der Plastikplane auf dem nur leicht schief hängenden Pendelsofa und mummelten sich in die dicken Kamelhaardecken ein, so gut sie konnten.

Die drückende Schwüle vom Nachmittag war einer kühlen, feuchten Luft gewichen, aber zum Glück hatte es aufgehört zu regnen. Ein fahler Mond kam zwischen den Wolken hindurch und beleuchtete die Wasserlandschaft, die jetzt fast einem Meer glich. Einsam ragte querab der Pagensander Leuchtturm aus den Fluten und sandte, von den Naturgewalten unbeeindruckt, in regelmäßigen Abständen seine weißen Lichtblitze aus. Die Elbe war nicht mehr so aufgewühlt wie noch kurz zuvor. Die Tide war gekippt, und das Wasser begann, Richtung Nordsee abzulaufen. Der Pegel sank mit erstaunlicher Geschwindigkeit.

Opa Lollo zeigte auf einen grünlich am Himmel leuchtenden Stern, der ihnen zuzublinzeln schien. „Schau mal, dein Papa passt auf, dass wir hier nicht absaufen."

Yane lächelte. „Was glaubst du bedeutet es, dass keine Briefe von Mama mehr kommen?", fragte sie ihren Großvater.

Opa Lollo ließ sich Zeit mit der Antwort. Er stopfte die Decke noch dichter um sie und blickte lange Zeit in den Vollmond, der viel größer zu sein schien als gewöhnlich. Yane dämmerte bereits ins Land der Träume hinüber, den hellblauen Umschlag mit dem Löwenzahn darauf fest an sich gedrückt, als er es endlich wagte, seinen sehnlichsten Wunsch und seine Hoffnung auszusprechen. „Ist okay", murmelte sie im Halbschlaf und kuschelte sich an ihn.

„Sie kommt zurück. Lala kommt zurück", hatte Opa Lollo gesagt.

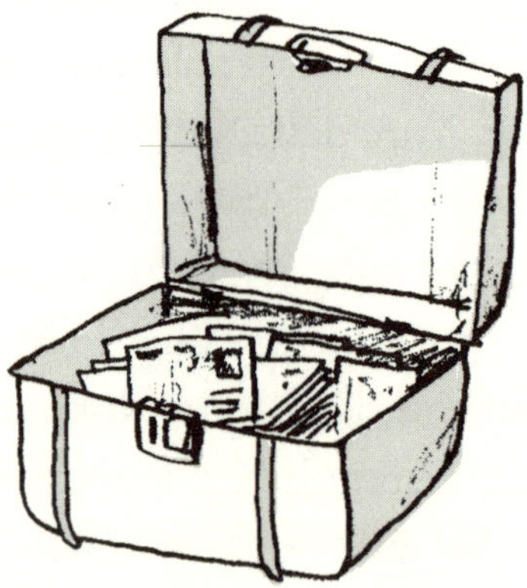

Lala

Als Yane am nächsten Morgen erwachte und schläfrig in die blasse Sonne blinzelte, schwappte die Elbe unschuldig ans Ufer, als sei nichts gewesen. Lediglich eine breite Linie aus schlaffem Schilf, Treibholz und Fetzen von Plastiktüten, die hoch an der Uferböschung verlief, wies darauf hin, dass sie gestern Nacht einen Riesentanz veranstaltet hatte. Und natürlich die Sankt Pauli, die knapp unter dieser Müllspur halb im Wasser hing und halb auf dem Trockenen lag wie ein gestrandeter Wal.

Yane versuchte sich aufzusetzen und rieb ihre steifen Beine. Sie fror, und ihre Fußzehen fühlten sich eiskalt an, sofern sie überhaupt etwas von ihnen spürte. Opa Lollo hatte die Augen noch geschlossen und hielt sich im Schlaf an seiner Pfeife fest. Die Plastikplane war von ihnen heruntergerutscht und hatte sich zwischen den Metallstreben der Reling verfangen, wo sie bei jedem Windhauch knisternde Geräusche von sich gab. Yane sah sich um. Chocolat stand friedlich am Rande einer großen Pfütze auf seiner Weide und probierte aus, wie ihm das frische Regenwasser schmeckte. Wenigstens er schien den Sturm gut überstanden zu haben.

Es dauerte eine Weile, bis Yane bemerkte, dass noch etwas anders war an diesem Morgen. Der dicke Ast der Trauerweide, der ihren Lieblingsplatz auf dem Duckdalben bisher vor Blicken verborgen hatte, war vom Sturm abgerissen worden und hatte ein Stück von Chocolats Weidezaun unter sich begraben. Der Bug der Sankt Pauli lag kaum fünf Meter davon entfernt, und Yane zuckte zusammen, als sie feststellte, dass ihr Platz im Weidengestrüpp besetzt war. Oben in ihrem Versteck saß nämlich eine verstrubbelte Meerjungfrau. Ein Bein hatte sie angezogen und die Arme darumgeschlungen, das andere baumelte kurz über der Wasseroberfläche. Also war es wohl doch keine echte Meerjungfrau. Yane rieb sich die Augen. „Was machst *du* denn hier?", rief sie hinüber.

„Wird Zeit, dass du kommst", sagte Opa Lollo fast gleichzeitig. Durch Yanes Bewegungen auf dem schwankenden Pendelsofa war er aufgewacht. „Wir halten hier schon ziemlich lange alleine die Stellung."

„Ich war die ganze Zeit über bei euch", erwiderte die Meerjungfrau ohne Fischschwanz. „Jede einzelne Minute meines Lebens."

„Davon haben wir nichts bemerkt", sagte Opa Lollo.

Verwirrt blickte Yane von einem zum anderen. „Aber … was? Ihr kennt euch?"

„Wir kennen uns", erwiderte Opa Lollo trocken. „Ziemlich gut sogar, aber leider hatten wir uns ein paar Jahre lang aus den Augen verloren." Seine Lippen wurden schmal, und nur Yane konnte sehen, dass sie zitterten. Klöternd fiel seine Pfeife aus einer Deckenfalte zu Boden. „Darf ich vorstellen, Yane", sagte er, den Blick starr auf die Meerjungfrau mit den blonden Sauerkrauthaaren gerichtet, „das ist Lala, meine Tochter. Und … deine Mutter."

Lala? Hörbar sog Yane die Luft ein. Wieso Lala? Auf dem Duckdalben saß doch in ihrer roten Handwerkermontur mit einem dicken Seemannspullover und Nils' viel zu großer gelber Regenjacke darüber niemand anderes als – Stella.

Yane brachte kein Wort heraus. Sie spürte nicht einmal mehr, dass sie fror und ihr alle Glieder wehtaten. Sie konnte Stella nur anstarren, während ihre Gedanken gleichzeitig vorwärts- und rückwärtsrasten und nach allen Seiten ausschlugen, bis sie in ihrem Kopf zu explodieren drohten.

Das war Lala? Stella war Lala – und Lala war Stella? Die beiden waren eine einzige Person und gleichzeitig ihre Mutter? Vergeblich suchte Yane nach einem Rettungsanker für ihre Gefühle. Zum zweiten Mal binnen weniger Stunden war ihr zumute, als würde man ihr den Boden unter den Füßen wegziehen.

Stellas Stimme riss sie aus ihren Gedanken. „Hallo, Yane", sagte sie und klang bei Weitem nicht so selbstsicher wie sonst. „Ich hätte es dir gern selbst gesagt, und unter anderen Umständen.“ Fahrig stopfte sie eine widerspenstige Haarsträhne, die ihr im Mundwinkel klebte, unter das pinkfarbene Tuch um ihren Kopf. „Gestern in der Küche war ich kurz davor, aber als ich wiederkam, warst du weg …“

Yane kam zu sich. „Stimmt“, sagte sie mit beißendem Spott, „dabei ist das doch eigentlich eine Spezialität von *dir*, oder?“

Stella biss sich auf die Lippen. „Im Bauwagen bin ich einfach nur erschrocken, weil du die Bilder in Jacques' Kiste gesehen hattest … Ich dachte, … ich hatte Angst, dass …“

Die Bilder in der Kiste? In der Seemannskiste neben Stellas Bett? Es fiel Yane plötzlich wie Schuppen von den Augen. Das glatzköpfige Baby über der Schulter des braungelockten Mannes auf dem Foto – das war sie selbst gewesen. Sie hatte ein Foto von sich selbst gesehen. Von sich selbst als Baby und von ihrem Vater Jacques. Und die verwitterten Buchstaben auf der Kiste, aus denen sie nicht schlau geworden war. Das war ein Name gewesen. Sein Name: Jacques Morel. Die Kiste hatte ihm gehört. Und jetzt wusste sie auch, was sie so irritiert hatte an dem Bild. Es war die grüne Armlehne gewesen. Es musste sich um die Armlehne eben jenes alten Plüschsofas handeln, auf dem sie jetzt in diesem Moment mit Opa Lollo saß.

Yanes Blick durchbohrte Stella wie ein Laserstrahl. „Du dachtest, ich hätte mich erkannt? Oder Jacques?" Hilflos lachte sie auf. „Du hättest dir keine Sorgen machen müssen", sagte sie bitter. „Dazu hatte ich gar keine Chance. Ich hab noch nie ein Bild von mir als Baby gesehen. Außer dem Gemälde in deinem ehemaligen Zimmer. Und das kenne ich noch nicht lange."

„Es tut mir leid, Yane. Ich wollte es dir sagen. Wirklich. Aber dann kam die Sturmflut. Wir mussten die Remise dicht kriegen und die Baumhausleiter in Sicherheit bringen. Und außerdem das Restaurant rundum abriegeln."

„Das war natürlich wichtiger als ich." Yane schrie es fast. „Und es kam ja auch alles so plötzlich …" Für ein paar Sekunden schwieg sie. „Du hast von Anfang an gewusst, wer ich bin. Sofort, als du meinen Namen gehört hast. Deshalb hast du das Glas vom Tresen fallen lassen, damals in Nils' Küche." Ihre Augen wurden schmal. „Und du hast ein paar Wochen lang Zeit gehabt, mit mir zu reden, verdammt. Ich bin nicht erst seit gestern deine Tochter, sondern schon ein bisschen länger. Zehn Jahre, elf Monate und drei Tage, wenn du es genau wissen willst." Tränen der Wut sprangen ihr in die Augen und verwischten alles um sie herum. „Oder wolltest du erst mal sehen, ob du mich überhaupt magst?"

Mit geübtem Schwung sprang Stella von ihrem Hochsitz und ging langsam über den Schlick auf die

Sankt Pauli zu. Sie war blass geworden. „Ich mag dich sehr. Und ich bin gekommen, so schnell ich konnte. Ich habe die ganze Nacht kein Auge zugetan. Ich hatte Angst um euch. Und ich hatte Angst *vor* euch, aber Nils hat mir Mut gemacht."

Opa Lollo, der schweigend zugehört hatte, bückte sich schwerfällig nach seiner Pfeife, die unters Sofa gerutscht war.

Nils? Hatte er etwa Bescheid gewusst? „Du hast es Nils gesagt, bevor du mit mir gesprochen hast?" Yane funkelte Stella an. Das wurde ja immer schöner. „Warum hast du es nicht gleich in die Zeitung gesetzt: ‚Liebevolle aber leicht vergessliche Mutter erinnert sich nach acht Jahren an ihre Tochter' oder so."

Sie sprang auf, obwohl sie nicht wusste, ob ihre steifen Beine sie tragen würden. Sie musste weg hier. Weg, bevor Stella noch näher kommen konnte. Da fiel ihr etwas ein. Langsam drehte sie sich zu Opa Lollo um. „Du hast es gewusst", sagte sie. „Du hast gewusst, dass sie kommt. Spätestens seit ich dir erzählt habe, dass die Frau, die unser Baumhaus gebaut hat, Stella heißt." Yane hätte schreien mögen. Sie fühlte sich verraten. Alle hatten gewusst, wer Stella war. Nur sie selbst nicht und vielleicht noch Paul. „Warum hast du nichts gesagt?"

„Ich habe es *nicht* gewusst", sagte Opa Lollo. „Nicht mit Sicherheit. Ich habe es nur gehofft. Ich habe es so sehr gehofft. Und ich hätte dich um nichts in der Welt enttäuschen mögen, falls sie es doch nicht gewesen wäre." Er schob sich seine erloschene Pfeife in den Mundwinkel. „Sicher war ich mir erst, nachdem ich sie gesehen hatte."

„Du hast mich gesehen?" Yane schnellte herum. Stella stand so dicht vor ihnen an der Uferböschung, dass Yane die Pupillen ihrer blauen Löwenaugen erkennen konnte.

„Genauso wie du mich", erwiderte Opa Lollo ruhig und sah Stella an. „An dem Tag, als ich mit dem Schlauchboot zu euch und eurem Baumhaus gefahren bin. Du standest im Schilf und dachtest wohl, ich erkenne dich nicht. Aber meine Augen sind noch ziemlich gut."

Stellas Antwort hörte Yane nicht mehr. So schnell sie konnte, rannte sie die schiefe Reling entlang, die schräg über dem Wasser hing. Das Schlauchboot. Wo war das Schlauchboot? Sie hoffte, Opa Lollo hatte es nicht an der davongerissenen Gangway festgemacht. Sie musste runter von der Sankt Pauli, und zwar sofort. Yane hatte Glück. Sie entdeckte es an der Backbordseite hinter der Kombüse. Kurz vor der Stelle, an der die Sankt Pauli mit dem Heck im Wasser hing. Opa Lollo hatte das Gummiboot an der hölzernen Badeleiter angebunden. Mit einem Satz sprang Yane hinein, löste mit klammen Fingern den Seemannsknoten und stieß sich mit dem Paddel ab.

Bis Opa Lollo und Stella entdeckten, dass sie von Bord gegangen war, dümpelte Yane bereits seit zwanzig Minuten auf der Elbe und wurde von dem starken Strom mit zunehmender Geschwindigkeit ins Fahrwasser gesogen. Kurs Hamburger Hafen.

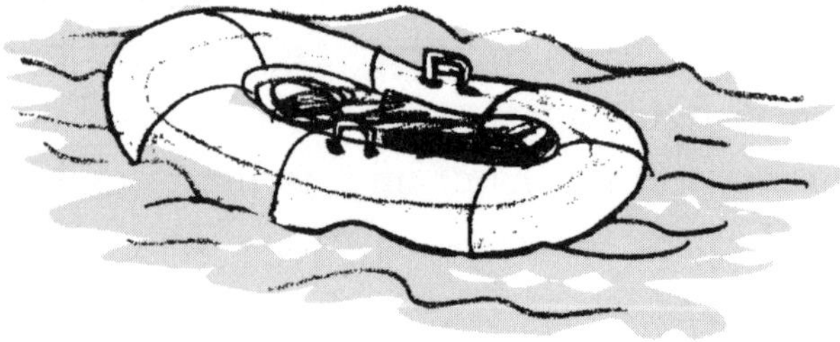

Auf Kollisionskurs

Der Boden des Gummibootes war von mindestens zehn Zentimetern Wasser bedeckt gewesen, als sie hineinsprang. Yane hatte versucht, es mit bloßen Händen nach draußen zu befördern, aber natürlich war sie binnen kürzester Zeit durchnässt bis auf die Haut. Die Feuchtigkeit in ihren Kleidern trug nicht gerade zu ihrem Wohlbefinden bei. Die Turbulenzen in ihrem Kopf auch nicht, aber immerhin sorgten sie dafür, dass sie das kalte Nass kaum wahrnahm. In ihr brodelte ein Vulkan, ein explosives Gemisch aus Wut und Verzweiflung und Fragen ohne Ende. Wofür hielt Stella sie eigentlich? Für ein gefühlloses Kuscheltier, das man nach Belieben an sich drücken oder in die Ecke feuern konnte? Das man verschenken oder jahrelang in einem alten Schuhkarton vergessen konnte? Und dann plötzlich kam man an und wollte es wiederhaben? Einfach so …? So funktionierte das aber nicht.

Yane hielt inne in ihrem neuerlichen Versuch, das Wasser aus dem Boot zu schöpfen. Ihr kam ein Gedanke, der sie fast noch mehr beunruhigte. Wollte Stella das überhaupt? Wollte sie ihre Tochter wiederhaben? Wenn ja, dann hätte sie sich doch früher zu erkennen gegeben, oder? Und was noch viel wichtiger war: Konnte sie, Yane, sich das vorstellen? Brauchte sie jetzt noch eine Mutter, wo sie doch fast ihr ganzes Leben ohne ausgekommen war? Die Fragen nagten an ihr. Sie nagten ihr ein Loch ins Herz. Und in den Bauch. Yane war bereits mitten auf der Elbe, als sie bemerkte, dass sie einen Riesenhunger hatte.

Auf der Sankt Pauli brauchten Opa Lollo und Stella fast zwanzig Minuten, um zu begreifen, dass Yane sich nicht an Bord versteckt hatte, sondern mitsamt dem Schlauchboot verschwunden war.

Nachdem ihre Tochter Richtung Heck davongelaufen war, war Stella mithilfe einer Strickleiter aufs Schiff geklettert. Zögernd setzte sie sich zu Opa Lollo auf das grüne Sofa. Keiner von beiden wagte, dem anderen zu nahe zu kommen. Nach acht Jahren, die sie sich nicht mehr gesehen hatten, war es nicht leicht, aufeinander zuzugehen oder sich gar zu umarmen, als sei nichts gewesen. Und so sahen sie sich bloß forschend an.

„Endlich, Lala“, brach Opa Lollo schließlich das Schweigen zwischen ihnen. „Ich war mir nicht sicher, dass …“

„Ich auch nicht.“ Stella fuhr sich mit der Hand über die Augen.

„Warum jetzt?“

Stella blickte Richtung Horizont und sah aus, als sei sie wieder weit weg. „Vor ein paar Wochen stand ich in einem kleinen Dorf in der Bretagne am Meer. Ich sah einen Küstenfrachter vorbeiziehen. Mit seinem roten Klappkran an Deck sah er aus wie damals die Stella Maris. Da wusste ich plötzlich, dass ich losmusste. Nach Hause."

„Warum musstest du so lange wegbleiben?", fragte Opa Lollo. „Meinetwegen? Konntest du mich nicht mehr ertragen – wegen Jacques?"

Stella schüttelte den Kopf. „Ich brauchte Zeit. Zeit für mich. Um wieder leben zu lernen." Mit dem Finger strich sie vorsichtig über Opa Lollos Hand.

Opa Lollo nickte. „Wie geht es dir jetzt?"

„Gut", sagte Stella und lächelte ihn zögernd an. „Es geht mir gut." Sie holte tief Luft, um sich für die Frage zu wappnen, die ihr auf der Seele lag, seit sie wieder zurück war. „Wieso lebst du hier allein mit Yane, Paps?", fragte sie. „Wo ist Mam? … Ist sie … nicht mehr am Leben?"

„Ich konnte es dir nicht sagen oder schreiben. Du hast uns nie eine Adresse mitgeteilt."

Entsetzen machte sich auf Stellas Gesicht breit, in das sich ein winziger Hoffnungsschimmer mischte. „Sie ist … tot?"

„Sie hat uns verlassen, ja."

„Wann?", brachte Stella mühsam hervor.

„Ein Jahr, nachdem du weggegangen warst. Seitdem bin ich alleinerziehender Großvater, wenn du so willst. Schon über sieben Jahre lang." Er räusperte sich. „Ist so etwas in irgendeinem Gesetz vorgesehen?"

Stella kniff die Lippen zusammen. „Ich hatte keine Ahnung", flüsterte sie. „Was ist passiert?"

Opa Lollo schwieg eine Weile. Dann nahm er seinen ganzen Mut zusammen. „Wir hatten uns gestritten. Das heißt, Fritzi hat mit mir gestritten. Sie sagte, sie würde mich verlassen, wenn ich nicht endlich wieder anfange zu reden. Und zu leben. Sie wolle nicht den Rest ihres Lebens mit einem einsilbigen ollen Kauz verbringen." Opa Lollo richtete den Blick in die Ferne, ohne etwas von der Gegend wahrzunehmen. Er sah nur das, was sich seit sieben Jahren in seinem Kopf abspielte. Immer wieder, wie bei einer defekten CD. „Dann ist sie aus der Kombüse gestürmt. Sie rutschte auf der Treppe zum Salon aus und schlug mit dem Kopf gegen das Metallgeländer. Ich konnte ihr nicht mehr helfen. Bis der Krankenwagen da war, war sie tot." Er machte eine Pause. „Seither rede ich jeden Tag mit ihr. In Gedanken. Und ich wünsche mir nichts sehnlicher, als dass sie mich hören kann."

Stella wischte sich über die Augen. „Hat Yane das mit angesehen?", fragte sie in dem verzweifelten Bemühen, ihre Gefühle unter Kontrolle zu halten.

„Nein, sie lag in ihrem Bettchen und schlief." Opa

Lollo blickte seine Tochter an. „Willst du wissen, was die letzten Worte deiner Mutter waren?“

Stella brachte keinen Ton heraus. Sie konnte nur stumm nicken.

„‚Sie kommt wieder, Loll‘, hat sie gesagt. ‚Lala kommt wieder. Ich weiß es.‘ Und sie hat recht behalten, oder?“

Ein trockenes Schluchzen löste sich aus Stellas Kehle. „Ja, hat sie.“ Wie benommen schüttelte sie den Kopf. „Ich hatte keine Ahnung“, sagte sie wieder.

„Und wenn, hätte das etwas geändert? Wärst du zurückgekommen?“ Opa Lollo wartete Stellas Antwort nicht ab, sondern mühte sich vom Sofa. „Wir müssen Yane suchen“, sagte er. „Von alleine kommt sie garantiert nicht wieder. Da ist sie genauso störrisch wie du.“

Stella stand auf. Sie war über einen Kopf kleiner als ihr Vater. Zaghaft legte sie ihre Hand auf Opa Lollos Arm. „Es tut mir so leid, Paps“, sagte sie, und zwei schmale feuchte Spuren begannen, sich den Weg über ihre Wangen zu bahnen. „Es tut mir so leid.“

„Mir auch“, sagte Opa Lollo. „Mir auch.“ Dann legte er seinen Arm um ihre schmalen Schultern und zog sie an sich. Und da brachen bei Stella alle Dämme. Sie ließ den Kopf an seine Brust sinken wie ein kleines Mädchen und den Tränen, die sich seit vielen Jahren in ihr gestaut hatten, ihren Lauf. Diesen und den neuen um ihre tote Mutter, die sich auf Opa Lollos blauem Pullover zu einem großen dunklen Fleck vereinigten.

Als sie sich voneinander lösten und auf der Suche nach Yane endlich das fehlende Schlauchboot bemerkten, war ihnen beiden sofort klar, was das bedeutete. „Bitte nicht“, flüsterte Stella mit rauer Stimme, während sie sich wie im Zeitraffer ausmalte, was alles passieren konnte. „Bitte nicht.“ Ihre Knöchel traten weiß hervor, als sie mit beiden Händen die Reling umklammerte.

„Schnell“, sagte Opa Lollo und versuchte nach außen hin Ruhe zu bewahren. „Wir müssen die Wasserschutzpolizei alarmieren.“

Stella hatte bereits ihr Handy gezückt.

Yane ahnte nicht, was sich inzwischen an Land abspielte. Das heißt in Wirklichkeit wollte sie, dass sich genau das an Land abspielte. Ob sie ihr Verschwinden schon bemerkt hatten? Ob sie sie schon suchen würden? Sollten sie doch. Sollten sie doch allmählich in Panik geraten. Sollten sie doch endlich kapieren, dass es nicht ungefährlich war, ein Kind wie einen Spielball zu behandeln.

Wie gefährlich es war, das dämmerte ihr allerdings selbst erst richtig, als sie das gewaltige Containerschiff wahrnahm, das sich ihr von hinten und, wie es schien, mit großer Geschwindigkeit näherte. Containerschiffe fuhren nie langsam. Sie hatten es immer eilig. Noch konnte Yane keine Einzelheiten erkennen, nur dass es sehr groß sein musste, wenn sie es schon aus drei, vier Seemeilen Entfernung so deutlich sehen konnte. Mist! Und sie selbst trieb in ihrer Gummi-Nussschale von einem Boot mitten im Fahrwasser, das auf einer Seite von roten Tonnen gekennzeichnet wurde und auf der anderen von grünen. Da musste der Containerriese auch durch, und zwar, wie es aussah, schon ziemlich bald.

Verdammt, verdammt! Mit ihrem lächerlichen Paddel hatte sie bei der starken Strömung keine Chance, rechtzeitig wegzukommen, bevor das gigantische Schiff sie eingeholt haben würde. Ob die sie schon gesichtet hatten? Panik stieg in Yane hoch. Womöglich hielten sie das orange Gummiboot für ein Plastikteil, das sich im Sturm irgendwo losgerissen hatte. Und selbst wenn sie erkannt hatten, dass jemand drin saß in dem Plastikteil, so ein Riesenschiff konnte nicht einfach mal eben bremsen. Das hatte Opa Lollo ihr erklärt. Mehrere Kilometer brauchte so ein Schiff bei voller Fahrt, um zum Stehen zu kommen. Ausweichen ging auf der Elbe auch nicht, denn diese Schiffe hatten so viel Tiefgang, dass sie sofort auf Grund laufen würden, wenn sie das Fahrwasser verließen. Was sollte sie bloß tun? Und wie viel Zeit blieb ihr überhaupt noch dafür? Sie wünschte, Opa Lollo wäre bei ihr … Oder wenigstens Stella.

Was sie wohl an ihrer Stelle tun würde? Schwimmen? Das war garantiert keine Lösung, entschied

Yane. Noch nicht mal eine Schwimmweste hatte sie an, obwohl Opa Lollo ihr eingeschärft hatte, niemals ohne loszufahren. Ihr Blick fiel auf den Außenborder. Yane überlegte fieberhaft. Na klar, das würde funktionieren. Zwar handelte es sich nur um einen kleinen 4-PS-Hilfsmotor, aber sie wusste, wie man ihn startete. Sie hatte Opa Lollo oft genug dabei zugesehen und auch schon selbst gesteuert. Er war hochgeklappt, sodass die Schraube nicht im Wasser hing. Sie musste versuchen, ihn herunterzulassen, sonst würde er nur heiße Luft quirlen.

Yane rutschte auf den Knien zum Motor. Hoffentlich war er nicht zu schwer für sie. Zwar war er mit einer Leine am Boot gesichert, doch wenn er abgleiten und ins Wasser fallen würde, wäre er zu gar nichts nutze. Vorsichtig klappte sie ihn nach unten und ließ das Ende mit der Schraube daran ins Wasser. Es gab einen Ruck, und beinahe wäre sie mit hintenüber gekippt, aber sie hatte Glück. Der Motor rastete an der dafür vorgesehenen Halterung ein, und die Schraube hing vorschriftsmäßig im Wasser. Puh, geschafft. Yane wischte sich die Stirn und sah auf. Das Containerschiff war ein ganzes Stück näher gekommen. Sie hatte keine Zeit, sich auszuruhen. Mit dem Miniblasebalg pumpte sie Benzin in die Leitung und zog mit Schwung an der Anlasserleine. Der Motor gab keinen Mucks von sich. Das war normal. Das passierte öfters. Eigentlich sprang der Motor immer erst nach dem dritten Mal Anreißen an. Also noch mal: Einmal, zweimal, dreimal … viermal. „Verdammt, nun mach schon …“ Aber der Motor stellte sich taub und machte gar nichts. Auch nicht beim fünften, sechsten und siebten Versuch. Nicht mal ein Stottern war ihm zu entlocken. Er schwieg beharrlich. Mit der flachen Hand schlug Yane auf das Plastikgehäuse, aber auch diese Sprache verstand der Motor nicht. Entweder hatte er während der Sturmflut zu viel Wasser geschluckt oder er hatte inzwischen eine Überdosis Benzin inhaliert und war schlicht und einfach abgesoffen. „Das Gleiche passiert mir auch gleich“, schrie Yane in den Wind. „Muss das ausgerechnet jetzt sein?“ Aber nur die Möwen, die in der Nähe kreischten, konnten sie hören, falls sie überhaupt Ohren besaßen.

Stella hatte inzwischen nicht nur die Wasserschutzpolizei alarmiert, sondern auch Nils und Paul. So schnell sie konnten, rasten die beiden mit ihrem lavendelfarbenen Lieferwagen über den Deich. Als sie mit quietschenden Reifen vor Chocolats Weide zum Stehen kamen, sprangen nicht nur Nils und Paul aus dem Wagen, sondern auch noch ein laut bellender Flop sowie ein Mann, den Opa Lollo vom Sehen kannte. Er entpuppte sich als ein Freund von Nils, der in seiner Freizeit für die DLRG arbeitete, die Deutsche Lebensrettungsgesellschaft. Er hatte einen Schlüssel zu dem Rettungsboot, das in dem kleinen Fischerhafen ganz in der Nähe seinen festen Liegeplatz hatte.

Paul und Flop blieben bei Opa Lollo, die anderen drei rannten zum Motorboot, warfen sich Rettungswesten über, machten die Leinen los und brausten Richtung Hamburger Hafen davon.

Opa Lollo hatte gesehen, wie Nils Stella bei der Hand genommen und ihr mit der anderen kurz übers Haar gestrichen hatte. Er tat das Gleiche bei Paul, der über die Strickleiter an Bord geklettert war. „Komm, Paul, wir versuchen, uns in dem Durcheinander in der Kombüse einen Kaffee zu machen. Mehr können wir im Augenblick nicht tun."

Shaoh-Ping-Yang

Yane konnte schon deutlich die Farben des Containerschiffes erkennen. Es war offensichtlich nicht voll beladen, denn die dicke rote „Nase“ unterhalb des blaugrauen Bugs ragte ein ganzes Stück aus dem Wasser und schob zu beiden Seiten einen breiten Wasserwulst vor sich her. Die Möwen hatten sich auf der Wasseroberfläche niedergelassen und aufgehört zu kreischen. Wie ein sensationslüsternes Fernsehpublikum, das atemlos darauf wartete, dass es dem Helden an den Kragen gehen würde.

Hilfe von anderen Schiffen war nicht in Sicht. So kurz nach der Sturmflut trieben sich weder Angler noch Fischkutter noch Segler auf der Elbe herum. Am Wochenende pflegten Letztere mit ihren Jollen und Yachten die Elbe in Scharen zu bevölkern. Aber heute war Donnerstag, da saßen sie alle brav in ihren Büros oder sie machten Segelurlaub auf der Ostsee. Schließlich waren noch immer Sommerferien.

Durch die erfolglose Aktion mit dem Motor hatte Yane kostbare Zeit verloren. Aber sie war nicht bereit aufzugeben. Eine Tonne. Sie musste versuchen, eine der Fahrwassertonnen zu erreichen und sich daran festzuhalten. Das war ihre einzige Chance. Die grüne dort schien am nächsten zu sein, vielleicht hundert Meter entfernt. Yane schöpfte Hoffnung. Sie kniete sich ins Boot und paddelte darauf zu, so schnell sie konnte. Doch es war nicht einfach, sie im Blick zu behalten. Da sie das Paddel immer nur auf einer Seite des Schlauchboots eintauchen konnte, drehte sich das Boot eher wie ein Kreisel um sich selbst, statt sich vorwärtszubewegen. Sie musste an ihren Papa denken. Jacques. Vielleicht war ja wenigstens Jacques bei ihr. „Papa, wenn du mich siehst von da oben", presste sie angestrengt zwischen den Zähnen hervor, „also, falls du nicht gerade schläfst oder deinen Stern putzt, oder so", Yane wischte sich die Schweißperlen von der Stirn, „dann hilf mir jetzt bitte. Ich brauch dich. Und zwar dringend!"

Jacques schien wach zu sein. Jedenfalls hatte Yane von irgendwoher eine Eingebung und änderte ihre Taktik. Tauchte das Paddel einmal rechts vom Boot ein und einmal links, was gar nicht so einfach war, wenn man so kurze Arme hatte. Und, oh Wunder, sie schaffte es, Kurs zu halten. Sie näherte sich tatsächlich der Tonne. Nur noch dreißig Meter. Noch zwanzig. Noch zehn. Sie biss die Zähne zusammen. Jetzt konnte sie die dicke schwarze 93 erkennen, die auf die Tonne gemalt war. Mit fliegenden Fingern machte Yane ihre Festmacherleine klar. Noch fünf Meter.

Von Land aus gesehen wirkten diese Tonnen eher winzig, doch wenn man vor ihnen schwamm, stellte man fest, dass sie mindestens drei Meter hoch waren. Und das war nur der Teil, der aus dem Wasser ragte. Enttäuscht ließ sie die Leine sinken. Wie blöd von ihr. Das hatte sie doch eigentlich gewusst. Unten waren sie dick und glitschig. Dort ein Seil zu befestigen, war völlig illusorisch. Und der schmale Teil oben war so weit weg, dass man nicht den Hauch einer Chance hatte, da dranzukommen. Außerdem war die Strömung enorm. Ganz schräg hing die Tonne im Wasser, sodass man den ekligen Algenbewuchs an ihrem unteren Ende sehen konnte. Das war immer so kurz nach Tidenwechsel, wenn die Strömung mit zwei, drei Knoten flussabwärts oder -aufwärts lief. Um die Tonne gurgelte das Wasser, teilte sich davor und vereinte sich dahinter wieder. Yane lehnte sich über den Gummiwulst des Schlauchboots so weit sie konnte, um die zehn Zentimeter große metallene Öse zu fassen zu bekommen, die sie am Bauch der Tonne entdeckt hatte. Aber zu spät. Sie schaffte es gerade mal, den glitschigen Belag mit dem Mittelfinger zu berühren, ohne über Bord zu fallen. Und dann war sie auch schon vorbei. VORBEI!

Die Möwen schienen hämisch zu kichern.

Der Ozeanriese hinter ihr war nur noch ein paar Schiffslängen von ihr entfernt.

Yane war am Ende ihrer Kräfte und vollkommen entmutigt. Erschöpft ließ sie sich selbst und das Paddel ins Schlauchboot fallen und lehnte sich an den Gummiwulst. Sie setzte dem Sog des Wassers keinen Widerstand mehr entgegen und ließ sich treiben. Sie war schon fast wieder mitten im Fahrwasser.

Das Horn des Schiffes tutete einmal lang über die Elbe. Yane zuckte zusammen und hielt sich die Ohren zu. Einmal tuten war ein Warnsignal und hieß „Achtung! Weg da, aber schnell, ich habe Vorfahrt und kann nicht ausweichen."

„Ich auch nicht", dachte Yane und hatte nicht einmal mehr die Energie, verzweifelt zu sein. „Vielleicht sollte es so kommen. Vielleicht wird es ja Zeit, dass ich endlich Papa kennenlerne. Wer meine Mutter ist, weiß ich ja jetzt."

Opa Lollo und Paul hatten das Tuten auch gehört. Etwas schief saßen sie auf den beiden abgeschabten Holzstühlen in der Kombüse. Beklommen schauten sie einander an. Galt das Tuten Yane? Würde die „Waschpo", wie die Wasserschutzpolizei von den Elbschiffern scherzhaft genannt wurde, sie noch erreichen können. Würden Stella und Nils sie rechtzeitig finden? Opa Lollo hielt sich an der Tischkante fest.

Die dreiköpfige Besatzung des Rettungsboots hatte das bedrohlich laute Tuten natürlich ebenfalls gehört. Und sie sah auch, woher es kam. Angespannt suchte Nils mit dem Fernglas die in der Morgensonne glitzernde Wasseroberfläche ab. „Da ist sie!“ Er zeigte auf einen orangefarbenen Fleck, der mitten im Fahrwasser auf und ab wippte und sich mit der gleichen Geschwindigkeit bewegte wie der Strom. Zur Erleichterung bestand jedoch kein Anlass. Nils ließ das Fernglas sinken. Mit bloßem Auge war Yanes Boot fast nicht zu erkennen, und selbst mit dem Fernglas war es in dem schaukelnden Schnellboot schwierig, den winzigen Punkt in den Wassermassen zu fixieren. Die Shaoh-Ping-Yang mit bloßem Auge zu fixieren, war dagegen kein Problem. So hieß das chinesische Containerschiff, das sich Yane näherte und dabei offenbar versuchte, seine Geschwindigkeit zu drosseln. Es lag fast querab zu ihnen und nur ein paar Schiffslängen hinter Yane.

„Vollgas“, schrie Stella gegen den Fahrtwind an. Sie musste sich mit beiden Händen an den Haltegriffen festhalten, um nicht umzukippen, als Nils’ Freund augenblicklich das Gaspedal durchtrat und eine scharfe Linkskurve fuhr, um vor dem Containerkoloss bei Yane zu sein. Wie ein Pfeil schoss das weiße Rettungsboot mit den hellroten Seitenstreifen nach vorn.

Yane sah es nicht. Bewegungslos lag sie in ihrem Schlauchboot. Die Shaoh-Ping-Yang stampfte von hinten auf sie zu wie ein gefräßiges Ungeheuer aus Stahl. Die dreisten Möwen nahmen Reißaus vor ihr. Offenbar interessierten sie sich nicht länger für Yanes Schicksal, das ohnehin besiegelt schien, und flogen einfach davon.

Yane wünschte sich auch ein Paar Flügel. Jetzt sofort, und nicht erst, wenn sie im Himmel landen würde bei Jacques, was allerdings unmittelbar bevorzustehen schien.

Mit zu einem schmalen Strich zusammengekniffenen Lippen stand Stella in dem DLRG-Boot und ließ den orangefarbenen Fleck auf dem Wasser nicht mehr aus den Augen. War das ihre Strafe? Die Strafe dafür, dass sie ihr einziges Kind all die Jahre alleingelassen hatte? Musste sie tatenlos mit ansehen, wie ihre Tochter von der Bug- oder Heckwelle dieses Stahlmonsters erfasst und in die Tiefe gesogen würde? Nur weil sie selbst nicht früher den Mut aufgebracht hatte, ihr zu sagen, wer sie war. Oder überhaupt früher zurückzukommen, als Yane noch kleiner gewesen war und ihre Abwesenheit noch nicht so viel Schaden hätte anrichten können. Nein, das durfte nicht sein. Mit dieser Schuld wollt sie nicht leben. Entweder sie beide oder keine.

Wie in Trance zurrte Stella ihre Rettungsweste fest und kickte die Gummistiefel von den Füßen. Sie griff sich die an einer Schiffsklampe befestigte Festmacherleine und stülpte sich das mit einem Palstek zur Schlaufe geknotete Ende über Kopf und Arme. Mit aufgerissenen Augen sah Nils sie an und schüttelte langsam den Kopf. „Es ist zu spät. Das schaffen wir nicht mehr, sie an Bord zu nehmen." Der Fahrtwind riss ihm die Worte vom Mund.

Stella packte Nils' Freund bei der Schulter. „Fahr hin zu ihr", sagte Stella in einem Ton, der keinen Zweifel an ihrer Entschlossenheit aufkommen ließ. Nils' Freund wandte sich zu ihr um und sah die Leine um ihren Körper. Er begriff sofort, was sie vorhatte. Nach einem kurzen Blick auf die Shaoh-Ping-Yang, deren mächtiger Schatten bereits über ihnen war, hielt er direkt auf Yane zu. Wieder schallte das mächtige Horn des Riesenschiffs über die Elbe. Dann noch einmal. Und noch einmal. Das Tuten galt jetzt nicht mehr nur dem Schlauchboot, sondern auch dem weißen Rettungsboot, das mit Höchstgeschwindigkeit übers Wasser raste.

Seine Besatzung ignorierte es. Die drei Menschen an Bord sahen nur, wie Yane sich in dem Gummiboot aufrichtete und nicht ganz zu begreifen schien, was passierte. Jetzt wandte sie sich zu ihrem Verfolger um. Wie eine Wand kam der chinesische Großfrachter auf sie zu und blendete den Horizont aus. Stella, Nils und sein Freund konnten das Entsetzen in ihren Augen sehen. Noch zehn Meter, noch fünf, noch drei. Nils' Freund drosselte für einen kurzen Moment sein Tempo, und aus voller Fahrt sprang Stella ab. Zu Yane ins Boot, das um ein Haar gekentert wäre. „Komm, schnell." Stella drehte Yane mit dem Rücken zu sich, verschränkte ihre Arme unter Yanes und ließ sich mit ihr rückwärts in die Elbe fallen. Das Rettungsboot fuhr geradeaus weiter – in einem halsbrecherischen Manöver, sozusagen unter der Bugspitze der Shaoh-Ping-Yang hindurch.

Yane schnappte nach Luft, als sie wieder auftauchte. Der Schleier aus Wasser vor ihren Augen nahm ihr die Sicht. Sie registrierte nur, wie etwas Dunkles sich über sie schob und den Himmel verfinsterte. Sie spürte Stellas Arme um ihren Bauch und dachte, es würde das Letzte sein, was sie jemals wahrnehmen würde. Da zog die Leine, an der sie hingen, an. Erst sanft und dann so heftig, dass Stella sie gerade noch festhalten konnte. Die turmhohe Bordwand kam immer näher. Sie befanden sich nicht mehr unmittelbar vor dem Schiff, sondern etwas seitlich davon. Die enorme Bugwelle überspülte sie, während gleichzeitig eine Kraft an ihren Beinen zu ziehen schien, die sie in die Tiefe saugen wollte. „Nein", dachte Yane. „Nein. Nein. NEIN!" Schreien konnte sie nicht. Sie hatte den Mund voller Wasser.

Wieder an Bord

Als Yane später im Rettungsboot zu sich kam, hatte sie keine Ahnung, wie sie dahin gelangt war. Sie hatte eher erwartet, sich in der Nähe von Jacques wiederzufinden. Doch nun war sie in eine wollene Rettungsdecke gehüllt und lehnte an Nils' Schulter. Nils hatte den Arm um sie gelegt. Yanes erster Blick fiel auf Stella. Von ihren dunkelroten Hosenbeinen und aus ihren Wuselhaaren tropfte es. Auch sie war in eine Wolldecke gewickelt und telefonierte mit Nils' Handy, wobei sie abwechselnd lachte und weinte. Als Stella sah, dass Yane die Augen geöffnet hatte, strich sie ihr mit der freien Hand über die Wange. „Ich muss aufhören, Paps", sagte sie. „Yane hat die Augen aufgemacht." Sie reichte Nils das Handy, der erst mit Opa Lollo und dann mit Paul sprach. Im Hintergrund konnte man Flop bellen hören.

In der Ferne sah Yane das Heck der Shaoh-Ping-Yang im Dunst verschwinden. Von Weitem kam sie ihr vor wie ein Spielzeugschiff, und die Containerwand an Deck wirkte wie eine Ladung Bauklötze.

Neben ihrem Rettungsboot ankerte ein Schiff der „Waschpo". Ein Beamter der Wasserschutzpolizei war gerade dabei, sich zu verabschieden. „Sie kommen zurecht?“, fragte er Nils und seinen Freund, der sich neben dem Steuer niedergelassen hatte. Die Anspannung war ihm noch ins Gesicht geschrieben. „Ja, vielen Dank“, sagte er und nickte dem Mann in Uniform zu.

„Da hast du ja gerade noch mal Glück gehabt, junge Dame“, sagte der zu Yane, als er bemerkte, dass sie zu sich gekommen war. „So eine Spazierfahrt im Schlauchboot ist nichts für kleine Mädchen. Der Fluss ist hier fast zwei Seemeilen breit. Das ist ein Strom und kein Rinnsal.“ Mahnend zog er eine Augenbraue hoch. „Ohne deine Mutter würdest du jetzt am Grund der Elbe liegen.“ Yane wischte sich trotzig eine feuchte Haarsträhne aus den Augen und erwiderte nichts. Stella rutschte zu ihr hinüber.

„Ohne deine Mutter wärst du gar nicht erst in diese Situation gekommen“, sagte sie so leise, dass nur Yane es hören konnte. Dann schloss sie ihr Kind in die Arme, als wolle sie es nie mehr loslassen.

Yane ließ es geschehen. Im Augenblick war sie zu erschöpft und zu durcheinander, um infrage zu stellen, was gerade passierte. Nur eines wusste sie: Stella hatte ihr das Leben gerettet. Ohne Rücksicht darauf, ob sie ihr eigenes dabei verlieren würde.

Wie in einem Traum erlebte sie die folgenden Ereignisse des Tages. Die Rückfahrt mit dem Rettungsboot zur Sankt Pauli. Die Arme ihres Großvaters um sich herum. Ihren Freund Paul, der seine Sprache verloren zu haben schien und sie nur schüchtern und unendlich erleichtert anlächelte. Und Flop. Endlich hatte er es aufs Schiff geschafft und leckte ihr mit Hingabe das Gesicht ab, als sei es heute nicht schon nass genug geworden.

Stella blieb auf der Sankt Pauli, als Nils, sein Freund, Paul und Flop sich verabschiedeten. In ihrem alten Zimmer fand sie etwas Trockenes zum Anziehen. Es war seltsam, sie in einem Kleid zu sehen. Oder besser gesagt in den beiden unterschiedlich langen Teilen, die sie übereinandergezogen hatte. Ohne den dicken hellblauen Strickschal um den Hals und die lilafarbenen Wollsocken an ihren Füßen hätte sie ausgesehen wie eine leicht zerrupfte Märchenfee, fand Yane.

Nils hatte angeboten, dass sie alle bei ihm und Paul wohnen konnten, solange die Sankt Pauli mit vollgelaufenem Frischwassertank schräg im Wasser hing. Aber das Schiff war stabil, und die Wohn- und Schlafräume waren zum Glück nicht geflutet worden. „Wird schon gehen", beteuerten alle drei und Nils verstand, dass sie für sich sein wollten. Schließlich hatten sie eine Lücke in ihrem Leben zu schließen. Eine Lücke von mehr als acht Jahren.

Nach einem Abendessen, für das sie Opa Lollos restlichen Bestand an Konservendosen geplündert hatten, saßen sie zusammen draußen an Deck. Jeder hing seinen eigenen Gedanken nach, während träge die Elbe gegen die hintere Bordwand schlappte, als könne sie nicht binnen Stunden zum wilden Tier werden.

Opa Lollo rauchte seine Meerschaumpfeife und verabschiedete sich bald Richtung Koje. „Das war ein aufregender Tag, Mädels", sagte er und stopfte die noch warme Pfeife in seine hintere Hosentasche. „Und eine harte Nacht. Nichts für einen alten Mann. Ich denke, ich brauche jetzt erst mal eine Mütze Schlaf." Er ließ die beiden auf dem grünen Sofa allein. „Gute Nacht, ihr beiden", hörten sie noch, als er durch die Kombüse im Inneren des Schiffs verschwand.

Yane und Stella saßen einander gegenüber mit angewinkelten Beinen auf dem Sofa, sodass ihre Füße sich berührt hätten, wäre Yane nicht sorgsam darauf bedacht gewesen, dass sie es nicht taten. Jede steckte unter einer warmen Decke. Yane hatte ihre bis zum Hals hochgezogen und den Kopf an das Rückenpolster des Sofas gelehnt. Zum ersten Mal, seit sie erfahren hatte, wer Stella war, hatten sie einen Augenblick für sich allein. Mit gesenktem Blick starrte Yane auf ihre Knie. Stella ließ ihr Zeit.

„Musst du heute Abend nicht arbeiten?", fragte

Yane schließlich, obwohl das nicht die brennendste Frage war, die sie auf dem Herzen hatte.

Stella schüttelte den Kopf. „Paul übernimmt meine Schicht, hat er gesagt. Er meinte, der Tag war so aufregend, er muss sich ein bisschen ablenken." Yane musste lächeln. Paul wusste immer, was richtig für ihn war, auch wenn sie sich schlecht vorstellen konnte, wie er in Stellas bodenlanger Restaurantschürze durchs Lokal wuseln würde, ohne dauernd über seine eigenen Füße zu stolpern.

„Und die Galerie?"

„Die kann warten", antwortete Stella.

Yane fiel nichts Belangloses mehr ein, das sie noch hätte fragen können. „Warum?", sagte sie daher unvermittelt. „Warum bist du weggegangen damals? Ohne mich."

„Weil ich glaubte, dass es besser für dich wäre. Ich hätte dir keine gute Mutter sein können", sagte Stella und zog den Strickschal enger um ihren Hals.

„Das war Opa Lollo auch nicht unbedingt. Ist eine schlechte Mutter nicht besser als gar keine?"

„Ich bin mir nicht sicher. Aber ich habe auch nicht damit gerechnet, dass du mit ihm allein bleiben würdest. Ich dachte, du hättest noch Mam. Mir waren die beiden immer gute Eltern."

„Kein Problem", sagte Yane ironisch. „Wir hatten ja noch Ole und Gertrud."

„Wen?“

„Na, die Ratte und unsere einäugige Piratenkatze … ach ja, und Chocolat ist ja auch noch da.“ Sie schwieg. „Wir waren ’ne echt lustige Familie, und die Stimmung an Bord war immer super.“ Sie setzte sich auf. „Sag mal, Stella, bist du nicht mal auf die Idee gekommen, einer von den beiden könnte sterben, während du weg warst?“

„Nein“, sagte Stella. „Für mich waren meine Eltern immer wie ein Fels in der Brandung. Als könnte ihnen nie etwas passieren. Ich war mir ganz sicher, dass sie bei dir sein würden.“

Yane zog die Nase hoch. „*Warum* hast du geglaubt, du würdest eine schlechte Mutter sein?“

Stella blies eine Haarsträhne aus ihrem Gesicht. „Ich hatte keinen Platz mehr in meinem Herzen für dich. So kam es mir wenigstens vor. Die Trauer um Jacques hatte jeden Winkel in mir ausgefüllt – wie Wasser, das in ein sinkendes Schiff eindringt. Es gab keinen Raum mehr für andere Gefühle. Ich konnte an nichts anderes mehr denken und fühlte mich unfähig, weiter zu leben, zu handeln, für dich zu sorgen. Ich war noch so jung.“ Mit den Fingern zeichnete Stella ein Muster in die Rückenlehne des Plüschsofas und wischte es alle paar Sekunden wieder weg. „Alles, was ich noch für dich tun konnte, war, dich im Arm zu halten. Aber auch das ging irgendwann nicht mehr. Ich hatte das Gefühl, dich mit meiner Nähe zu vergiften, dir die Luft abzuschnüren, dich zu erdrücken. Ich bekam Angst vor mir selbst, Angst, die Kontrolle zu verlieren, Angst vor dem, was ich tun könnte. Ich konnte nicht mehr für mich garantieren." Sie sah Yane in die Augen. „Das ist kein schönes Gefühl, Angst vor sich selbst zu haben."

Verstört spielte Yane mit den Wollfransen ihrer Decke.

„Zu allem Überfluss habe ich mich auch noch schlecht gefühlt, weil ich sah, wie Mam und Paps unter der Situation litten", fuhr Stella fort. „Sie konnten es kaum mit ansehen, wie ich immer nur mit dir auf dem Arm auf dem Schiff herumlief und vor mich hinstarrte, ohne etwas wahrzunehmen, ohne wirklich auf etwas zu reagieren."

Yane fühlte sich unbehaglich. Einerseits wollte sie Stella verstehen können. Andererseits fand sie es schwer auszuhalten, was sie hörte. „Warum bist du nicht zu einem Arzt gegangen? Vielleicht hätte dir jemand helfen können."

„Ich *bin* zu einem Arzt gegangen", sagte Stella. „Er hat mir so kleine grüne Pillen verschrieben, von denen ich jeden Tag eine nehmen sollte." Sie machte eine Pause. „Nach ein paar Wochen hatte ich das Gefühl, nicht mehr ich selbst zu sein, alles nur noch wie durch Watte zu empfinden. Als sei ich rundherum mit Schaumgummi gepolstert." Sie holte tief Luft.

„Eines Nachts habe ich die Tabletten in die Elbe geworfen. Als ich sie in ihrer Verpackungsfolie davonschwimmen sah, habe ich beschlossen, die Sankt Pauli auch zu verlassen."

„Einfach so?", fragte Yane.

„Es war nicht einfach", erwiderte Stella. „Es war kein bisschen einfach. Ich bin weggegangen, um wieder zu mir selbst zu finden, wieder leben zu lernen." Sie blickte auf ihre Hände. „Und um dich vor mir zu schützen", sagte sie leise. Sie sah auf. „Ich weiß nicht, ob du das verstehen kannst."

„Ich kann es versuchen", antwortete Yane. „Geht es dir jetzt besser?", fragte sie. „Musst du keine Angst mehr vor dir haben?"

„Es geht mir viel, viel besser." Stella fuhr sich durch ihre Zauselhaare. „Es geht mir gut. Auch wenn das jetzt vielleicht blöd klingt: Ich habe mich tatsächlich wieder gefunden. Sonst hätte ich nicht zurückkommen können."

„Wo genau warst du eigentlich die ganzen Jahre?"

„Dort wo Jacques herkam", antwortete Stella. „In Concarneau an der französischen Atlantikküste. Seine Eltern leben dort. Sie haben mich an Jacques' Stelle in ihre Familie aufgenommen. In der kleinen Yachtwerft von seinem Bruder Pierre habe ich das Bootbauen gelernt. Das hat mir sehr geholfen. Die Arbeit mit den Händen, mit schönen Hölzern, die Genauigkeit, mit der ich meine Arbeit tun musste, die Konzentration. Ich hatte das Gefühl, Jacques dort sehr nah zu sein, und mit der Zeit ließ der Schmerz nach. Ich konnte spüren, wie ich wieder heil wurde." Stella schaute in die Ferne. „‚Du musst nach Hause gehen, zurück zu deinem Kind', sagte Pierre irgendwann. Ich habe noch fast ein Jahr gebraucht, um mich auf den Weg zu machen."

„Ganz schön lang. Vermisst du Jacques noch?", fragte Yane, ohne Stella anzusehen.

„Jacques ist ein Teil von mir. Er wird immer bei mir sein. Das weiß ich jetzt."

„*Du* warst nie bei mir", sagte Yane leise. „Jedenfalls habe ich nichts davon gespürt. Ich hab dich immer gesucht, in meinem Gesicht vor dem Spiegel. Aber ich hab dich nicht gefunden." Sie wischte sich etwas Feuchtes aus den Augenwinkeln. „Ich war immer allein mit Opa. Aber so richtig anwesend war er auch nie. Ich kam mir vor wie ein Anhängsel, das zu niemandem wirklich gehört. Und zu dem niemand gehört. Als würde ich in der Luft hängen." Yane ribbelte die Zöpfchen auf, die sie aus den Fransen ihrer Wolldecke geflochten hatte. Aufmerksam sah Stella sie an. „Ich wusste fast nichts von dir. Nicht wie du warst und nicht, woran du gestorben bist. Und trotzdem hast du mir gefehlt. So wie jemandem ein Bein fehlt, das er verloren hat. Ich habe mal gelesen, das kann wehtun, obwohl es nicht mehr da ist."

„Ich weiß, Yane“, sagte Stella. „Es tut mir so leid, aber ich konnte damals nicht mehr für dich tun, als einfach nur weiterzuleben.“

Yane schluckte. „Hattest du denn gar kein bisschen Sehnsucht nach mir?“

Stellas Lippen zitterten, als sie antwortete. „Ich habe mir gewünscht, mich nach dir sehnen zu können, aber mir fehlte die Kraft dafür.“

„Wieso bist du dir jetzt so sicher, dass ich dich wiederhaben will?“, fragte Yane.

„Ich bin mir überhaupt nicht sicher“, sagte Stella mit rauer Stimme. „Ehrlich gesagt, habe ich eine Riesenangst davor, wie du dich entscheidest. Je näher ich der Grenze nach Deutschland kam, umso langsamer bin ich gefahren. Und umso mehr Pausen habe ich eingelegt. Ich wusste nicht, wie ich dir begegnen sollte. Und ich hatte Angst vor deiner Reaktion.“ Sie griff nach Yanes Hand. „Ich weiß, dass ich kein Recht dazu habe, es dir zu verübeln, wenn du mich nicht mehr sehen möchtest. Aber es gibt nichts auf der Welt, was ich mir mehr wünsche, als dass ich wieder bei dir sein kann“, fügte sie hinzu.

Es gab auch nichts auf der Welt, das Yane sich mehr wünschte, als eine Mutter zu haben. Aber so einfach wollte und konnte sie es Stella nicht machen. „Und du würdest auch nie mehr weggehen?“, fragte sie.

„Nein“, Stella schüttelte den Kopf. „Nie mehr.“

„Ich bin nämlich vom Umtausch ausgeschlossen.“

„Und ich?“, fragte Stella. „Bin ich auch vom Umtausch ausgeschlossen?“

„Das überleg ich mir noch“, sagte Yane. „Vielleicht. Wenn du lieb bist und nicht allzu viele Macken hast. Ich muss dich ja erst mal kennenlernen.“ Ein spitzbübisches Lächeln schlich sich um ihre Mundwinkel. „Wie lange krieg ich auf dich Garantie?“

„Gar nicht“, erwiderte Stella. „Ich fürchte, du musst mich nehmen, wie ich bin.“

„Du mich auch“, sagte Yane.

Als Opa Lollo die beiden am nächsten Morgen fand, lagen sie immer noch auf dem Sofa. Sie lagen „Löffelchen“ und schliefen tief und fest bis zum späten Vormittag. Ihre Haare waren ineinander verwuschelt, und Opa Lollo hätte nicht sagen können, welche Sauerkrautlocke zu wem gehörte.

„Na?“, fragte er vorsichtig, als Stella als Erste die Augen aufschlug. „Bist du wieder an Bord?“

„Ja, Käpt’n“, erwiderte sie und hob verschlafen die Hand zum Gruß an eine nicht vorhandene Mütze. „Erster Offizier Lala meldet sich zurück zum Dienst.“

Pauls Geburtstagsgeschenk

Die nächsten Tage und Wochen wurde Stella wieder zur Vagabundin. Mal übernachtete sie auf der Sankt Pauli, mal bei Nils und selten in ihrem Bauwagen. Sie arbeitete im Restaurant, machte Strandspaziergänge mit Yane, von denen sie regelmäßig die merkwürdigsten Gegenstände mitbrachten, die die Sturmflut frisch angespült hatte, und gestaltete mit Feuereifer die Remise um.

Die Zeit, die Yane nicht mir ihrer Mutter, Flop und Paul zusammen war, verbrachte sie damit, Stellas Briefe zu lesen. Die 321 Briefe, die in Opas altem Koffer lagerten. Sie waren ein wenig durcheinandergeraten, aber das machte nichts. Yane erfuhr, was Stella all die Jahre ihrer Abwesenheit gemacht und gedacht hatte. Und wie sie sich gefühlt hatte. Waren die Briefe anfangs noch düster und traurig, die Schrift krakelig und unstet und meistens auf schlichtem weißem oder kariertem Papier geschrieben mit kurzem Text, so bekamen sie mit der Zeit Farbe, wurden gelb, grün und blau, und die Tinte wandelte sich von tiefem Schwarz über Dunkelblau zu einem leuchtenden Türkis. Stellas Handschrift wurde runder und die Buchstaben lehnten sich optimistisch nach rechts. Richtung Zukunft. Yane konnte förmlich spüren, wie es Stella besser ging. Manche Briefe waren vier Seiten lang, einer sogar acht. Einmal lag eine Fotografie mit im Umschlag: Stella in einer blauweiß gestreiften Latzhose lachend und mit farbverschmierter Stirn auf einem halbfertigen Holzschiff. „Damit du nicht erschrickst, wenn du mich kennenlernst", stand in rotem Filzer geschrieben auf der Rückseite. Es war Stellas letzter Brief, bevor sie nach Hause aufgebrochen war. Da Yane ihn nie bekommen hatte, hatte Stella ihr den Schrecken nicht ersparen können.

Yane las überall: auf dem grünen Hängesofa bei Opa Lollo, auf der Veranda des Baumhauses, auf ihrem Duckdalben oder an Chocolats Schuppenwand gelehnt im Gras. Mit jedem Brief reiste sie ein Stück weiter in Stellas Vergangenheit, die auch ihre eigene war, obwohl sie ganz woanders stattgefunden hatte. Es fühlte sich seltsam an, in das Leben des fremden Menschen einzutauchen, der ihre Mutter war und der ihr mit der Zeit immer vertrauter wurde. Und es fühlte sich gleichzeitig an wie nach Hause kommen. Wenn Yane mit der Nase in einem von Stellas Briefen steckte, nahm sie nichts mehr um sich herum wahr, und Opa Lollo musste sie meistens dreimal zum Essen rufen, bis sie ihn hörte.

Die Sankt Pauli war inzwischen leer gepumpt, mithilfe eines Schwimmkrans angehoben und die aufgerissene Bordwand neu verschweißt worden. Nach einer Woche lag sie wieder waagerecht im Wasser, wie es sich gehörte. Die Gangway hatten sie nicht weit entfernt aus dem Ufergestrüpp gefischt, sodass sie nicht länger mit dem vom DLRG ausgeliehenen Schlauchboot – ihr eigenes war nach der Begegnung mit der Shaoh-Ping-Yang nicht mehr aufgetaucht – zwischen der Uferböschung und ihrem Wohnschiff pendeln mussten. Ole stand wieder an seinem Platz und schreckte die Ratten ab oder auch nicht, und Opa Lollo war damit beschäftigt, Chocolats Weidezaun zu flicken und den Frischwassertank zu reinigen und neu anzumalen. Im Gegensatz zu früher pfiff er jetzt bei der Arbeit.

„Wie wollen wir eigentlich demnächst deinen Geburtstag feiern?“, fragten Stella und er Yane eines Abends, als sie zusammen in der Kombüse beim Essen waren. Sie saßen nebeneinander am Tisch und schauten sie erwartungsvoll aus zwei Paar blauen Augen an. Dabei sahen sie aus wie ein Löwe und sein Junges. Yane musste lachen. Dass sie das nicht gleich gesehen hatte. Etwas an Stella war ihr von Anfang an bekannt vorgekommen, jetzt wusste sie endlich, was es war. Ihre blauen Löwenaugen hatte sie von niemand anderem als Opa Lollo.

„Keine Ahnung“, sagte sie und stopfte sich eine Bratkartoffel in den Mund. „Hab ich noch nicht drüber nachgedacht.“

„Das solltest du aber“, erwiderte Stella. „Schließlich sind es nur noch zehn Tage bis dahin. Und diesmal hast du doppelt Grund zum Feiern.“ Yane verzog das Gesicht, als ihr bewusst wurde, dass der zehnte beinahe ihr letzter Geburtstag gewesen wäre. „Vielleicht kannst du dir ja schon mal überlegen, wo du feiern willst. Auf dem Baumhaus, am Strand, bei Nils auf dem Hof oder …“

„Auf der Sankt Pauli natürlich“, sagte Yane kauend und verschluckte sich dabei an einem Stück Gewürzgurke. „Ich habe noch nie einen richtigen Geburtstag hier gefeiert. Das wird jetzt langsam Zeit, bevor ich zu alt dafür werde.“

Stella sah Opa Lollo an und zog eine Augenbraue hoch. „Okay“, sagte sie. „Dann wäre das ja schon mal geklärt. Mach doch einfach mal ’ne Liste, wen du alles einladen willst.“

„Mhmm“, nuschelte Yane und widmete sich der nächsten Bratkartoffel.

„Hast du vielleicht einen besonderen Wunsch?“, fragte Opa Lollo.

„Ja“, antwortete Yane, sah von einem zum anderen und grinste breit. „Bitte keine Überraschungen mehr. Mein Bedarf an Überraschungen ist für die nächsten paar Jahre vollkommen gedeckt.“

Paul war allerdings noch eine eingefallen. Als Yane zum „Deichschaf" radelte, um ihn und Nils zu ihrem Geburtstag auf die Sankt Pauli einzuladen, machte Paul kein sonderlich begeistertes Gesicht. „Was ist denn los?", fragte Yane. „Hast du etwa keine Lust? Soll ich dich wieder ausladen?" Sie saßen auf der Baumhausveranda und teilten sich eine Tüte Gummibärchen.

„Quatsch", sagte Paul und raufte sich seine braunen Locken, als habe er große Sorgen. „Es ist nur … wegen deinem Geschenk. Zum Geburtstag."

„Keine Panik", sagte Yane. „Ich wünsch mir nix. Nur dass du kommst."

„Aber das ist es ja gar nicht", sagte Paul. „Ich hab schon was für dich. Sogar was zu viel."

„Versteh ich nicht", sagte Yane. „Wo ist dann das Problem?"

„Na ja", druckste Paul herum, „es ist ein ziemlich komisches Geschenk. Ein ziemlich sehr komisches Geschenk."

„Dann tausch es doch einfach um."

„Das geht nicht." Paul zog die Nase hoch und entschloss sich zur Flucht nach vorn. „Das Geschenk macht einfach, was es will. Sie lässt sich nicht umtauschen."

„Sie?"

„Kannst du dich noch an die Oma erinnern?"

„Welche Oma?"

„Na, die sturmerprobte aus der Anzeige?“

„Ach die, ja.“ Yane musste lachen. „Die wollten wir doch Opa Lollo schenken.“

„Ich fürchte, das geht nicht mehr“, sagte Paul. „Ich hab sie nämlich schon dir geschenkt.“

„Mir? Wozu das denn?“

„Na ja, das war schon vor ein paar Wochen, als du noch so alleine warst mit deinem Opa. Da habe ich sie angerufen und zu deinem Geburtstag eingeladen.“

„Du hast waaas?“

„Ich hab sie zu deinem Geburtstag eingeladen“, wiederholte Paul kleinlaut.

Yane fing schallend an zu lachen. „Na, dann sieh mal zu, dass du sie wieder loswirst. Ich hab ja neuerdings ein paar Verwandte mehr, die ich einladen kann.“ Paul guckte zerknirscht und Yane hatte das Gefühl, ihn trösten zu müssen. „Aber ich muss zugeben, dass das ’ne wirklich schräge Idee war. Sag ihr ’nen schönen Gruß von mir und dass ich zurzeit keine Verwendung für sie habe.“

„Aber das ist es doch gerade“, sagte Paul mit einem Anflug von komischer Verzweiflung in der Stimme. „Ich werde sie nicht mehr los. Ich habe versucht, sie abzubestellen. Aber sie sagt, sie kommt trotzdem, auch ohne Bezahlung. Sie war noch nie auf einem Hausboot und das möchte sie jetzt ändern.“

Yane war perplex. „Macht nix“, kicherte sie, „vielleicht ist sie ja was für dich. Für die Hausaufgaben zum Beispiel. Stand das nicht in der Anzeige, dass sie das gut kann?"

„Hmm", knurrte Paul. „Wir haben Ferien."

„Vielleicht kannst du ja bei ihr auf dem Schoß sitzen. So macht man das doch bei seiner Oma, oder?" Lachend ging Yane vor der Ladung Gummibärchen in Deckung, die er nach ihr warf.

Yanes elfter Geburtstag fiel auf einen Montag, sodass Nils und Stella den ganzen Nachmittag und Abend Zeit hatten und nicht im Restaurant arbeiten mussten. Aus zwei Tischböcken und einem alten Türblatt hatten Stella und Opa Lollo eine große Kaffeetafel auf dem Vorschiff aufgebaut. Eine mit Vergissmeinnicht bestickte Tischdecke war darübergebreitet, und obendrauf thronte eine dreistöckige Kokosflockentorte, die aussah wie ein Eisberg und die Paul höchstpersönlich mit rosaweißen Schokolinsen und knallgrünen Weingummifröschen dekoriert hatte. An den drei Seiten der Markise hingen bunte Lampions, und aus ein paar kurzen Treibholzstöcken ohne Rinde hatte Stella eine Art Ring zusammengenagelt, an dem mit lila glänzenden Weihnachtskerzenhaltern elf weiße Kerzen befestigt waren. Es sah toll aus, fand Yane.

Schon am Morgen hatte es eine Überraschung gegeben. Yane hatte gerade erst ein Auge aufgemacht, als leise die Tür zu ihrem Zimmer aufging. Im Türrahmen standen Stella und Opa Lollo, beide im Schlafanzug und mit einer Kerze und einem Bündel Gänseblümchen in der Hand. „Zum Geburtstag viel Glück", sangen sie, und zwar so falsch, dass Yane nicht hätte sagen können, wer von beiden weniger Töne traf. Dann fiel Stella über Yane her und erstickte sie fast mit ihren Küssen und Umarmungen, bis sie „aufhören, aufhören" schrie.

„Auf keinen Fall", sagte Stella, „ich habe schließlich tausend Jahre nachzuholen."

„Komme ich eigentlich auch noch mal dran?", fragte Opa Lollo, „oder soll ich schon mal raufgehen und den Geburtstagskuchen alleine aufessen?"

„Untersteh dich", riefen Yane und Stella wie aus einem Mund.

Nils' und Pauls Kokos-Eisberg schmeckte grandios, und nach zwei Stücken fühlte man sich satt für eine Woche. Yane rieb sich den Bauch. „Deine Oma hat sich's wohl doch anders überlegt", sagte sie, blickte auf ihre nagelneue Uhr und grinste Paul an. „Schon Viertel nach vier. Schade eigentlich, ich hätte dich gern auf ihren Knien sitzen und das Einmaleins üben sehen."

Zu zehnt saßen sie um die improvisierte Geburtstagstafel herum und machten sich über Nils' Eisbergtorte her und über den Apfelkuchen, den Stella gebacken hatte. Flop hatte sich unter dem Tisch breitgemacht und wartete auf eine günstige Gelegenheit, sich seinen Teil des Eisbergs zu holen. Neben Nils und Paul hatte Yane auch noch Nils' Freund vom Rettungsboot eingeladen und vier Kinder aus ihrer Klasse, die schon aus dem Urlaub zurück waren.

Paul schnitt ihr eine Grimasse. „Zum Glück ist sie nicht gekommen", nuschelte er, während er mit einem großen Bissen Torte mit Gummifrosch kämpfte.

„Bist du da sicher?", fragte Nils. Die Geschichte von der sturmerprobten Geburtstags-Oma hatte inzwischen die Runde gemacht. „Schau mal, da drüben." Er zeigte auf etwas rot-grün Gemustertes, das bei Chocolat am Weidezaun stand, ihm den Hals klopfte und sich eingehend mit ihm zu unterhalten schien.

„Ach du Schande", entfuhr es Paul, und er verschluckte sich an seinem Gummifrosch. Yane musste ihm auf den Rücken klopfen, damit der Frosch nach unten flutschte und Paul wieder Luft bekam.

„Die sieht aber lustig aus", sagte sie. „Und wie schön du sie verpackt hast."

Das stimmte. Die Oma trug einen breitrandigen Strohhut mit einer großen grünen Schleife drum herum und an den Füßen rot geblümte Gummistiefel, die unter einem weiten hellgrünen Rock hervorguckten. Sie winkte herüber, als sie sah, dass die Kaffeegäste sie bemerkt hatten, und stapfte ihnen am Weidezaun entlang entgegen.

„Na los, Paul“, sagte Nils, „sei nicht so unhöflich und geh hin. Schließlich ist die Oma dein Geschenk. Nun musst du es auch überreichen, wenn du es schon nicht an der Bushaltestelle abgeholt hast.“

„Soll ich sie vielleicht über die Gangway tragen?“, murrte Paul unter dem Gekicher der anderen und ließ seine Kuchengabel klirrend auf den Teller fallen. Hoffnungsvoll blickte er Yane an. „Kommst du mit sie abholen? Vielleicht überlegt sie sich's doch noch mal, wenn sie dich sieht, und dreht wieder um.“ Geräuschvoll schob er seinen Stuhl zurück.

„Noch so 'n Spruch, und ich bleib hier sitzen und spreche kein Wort mit ihr. Dann kannst du sehen, wie du alleine mit ihr klarkommst.“

„War doch nur 'n Scherz. Och bitte, Yane, komm doch mit.“

Yane ließ ihn zappeln. „Na gut“, sagte sie schließlich, sprang auf und hüpfte hinter Paul her, um ihr farbenfrohes Geschenk in Empfang zu nehmen, das sich mit energischen Schritten näherte.

Als das Geschenk den ersten Fuß an Bord setzte, waren die drei bereits in ein lebhaftes Gespräch vertieft. Lotte Stürmisch aus Glückstadt – „für euch einfach nur Lotte“ – erwies sich im wahren Leben als ebenso handfest wie es in der Zeitung den Anschein gehabt hatte.

Sie nahm Yanes Familie im Sturm für sich ein, und vergnügt bemerkte Yane, wie Opa Lollo ihr über den Rest Eisbergtorte hinweg den einen oder anderen verstohlenen Blick zuwarf. Nachdem Lotte brüderlich ihr zweites Stück Torte mit ihm geteilt hatte, schloss auch Flop sie unwiderruflich in sein Hundeherz und wich ihr nicht mehr von der Seite. Später am Nachmittag, als Yane und die übrigen Geburtstagsgäste mit Würstchenschnappen, Sackhüpfen und Topfschlagen beschäftigt waren, sah sie die drei den Deich entlangspazieren, kurz bevor Paul ihr die Augen verband und Opa Lollos besten Kochlöffel in die Hand drückte. Von Weitem sah es aus, als würden sie sich angeregt unterhalten. Das heißt Flop wühlte nach Kaninchen, und Opa Lollo redete und redete, während Lotte lächelnd zu ihm aufsah.

„War ’n cooles Geschenk“, sagte Yane zu Paul und schaute in den Sternenhimmel, als sie ein paar Stunden später erschöpft, aber glücklich auf dem grünen Sofa saßen.

„Mhm“, antwortete er. „Gut, dass sie doch noch gekommen ist. Eigentlich fast ein Wunder, wo ich so unfreundlich zu ihr war.“

„Och, weißt du“, sagte Yane und kratzte sich am Ohr, „mich wundert hier allmählich gar nichts mehr.“

„Echt nicht?“, fragte Stella.

Sie war hinter sie getreten und hatte Yanes letzte Worte gehört.

„Nein“, sagte Yane zu ihrer Mutter, „noch nicht mal, dass du tatsächlich ein Stern bist. Opa Lollo hat doch nicht gelogen.“

„Klar ist sie ein Stern“, mischte Nils sich ein und legte den Arm um Stellas Schultern. „Oder willst du lieber eine Sternschnuppe sein?“

Yane achtete nicht auf ihn. „Wenn Stella Maris ‚Stern des Meeres‘ bedeutet, dann heißt Stella alleine ganz einfach ‚Stern‘. Ich hatte es nur vergessen.“

„Schlaues Kind.“ Stella beugte sich nach vorn, nahm ihr Gesicht zwischen die Hände und gab ihr einen Kuss auf die Nasenspitze.

Stella Maris

Yane und Stella standen nebeneinander vor dem dreiflügeligen Spiegel in Stellas Bauwagen, und Stella zog sich die Lippen mit Lipgloss nach. „Mann, dass ich das nicht gleich gesehen habe“, sagte Yane. Ihr Blick flog zwischen ihrem eigenen Spiegelbild und dem ihrer Mutter hin und her. In den letzten Wochen waren ihre Haare ein ganzes Stück gewachsen. Sie hatten die gleiche Farbe und sahen am unteren Ende ebenso abgebissen aus wie die von Stella. Auch ihre Oberlippe hatte den gleichen Schwung wie Stellas und konnte sich wenigstens genauso trotzig zusammenziehen wie ihre, wenn ihr etwas nicht passte. Sie mussten beide lachen.

„Na, mit Opa Lollo als Friseur ist es kein Wunder, dass du die Ähnlichkeit nicht bemerkt hast.“ Kritisch zupfte Stella an ihren Zausellocken herum, zog hier eine Strähne unter dem orangefarbenen Band heraus und stopfte dort eine darunter. „Sag mal, geht das so mit meinen Haaren?“

„Na klar, Miss Sauerkraut“, erwiderte Yane frech. „Die sehen genauso wild aus wie immer.“

„He, du, ich will aber heute besonders schön sein.“

„Keine Chance“, kicherte Yane und ging vor dem dicken Rougepinsel in Deckung, mit dem Stella ihr durchs Gesicht fuhr. „Noch schöner geht nicht, vor allem jetzt, wo du ein bisschen zugenommen hast und nicht mehr so verhungert aussiehst.“ Stella lachte.

Die beiden bereiteten sich auf ein ganz besonderes Ereignis vor. Heute sollte Stellas Galerie eröffnet werden, die Galerie „Stella Maris“. „Los, komm“, sagte Stella nach einem letzten prüfenden Blick auf ihr Ebenbild und zog Yane mit sich nach draußen. „Sonst sind die ersten Gäste vor uns da.“

„Stimmt, da sind schon welche.“ In einem Satz sprang Yane die Bauwagentreppe hinunter, dass die Kieselsteine in alle Richtungen spritzten. Es war ein schöner Abend und überraschend warm für Ende September, perfekt für eine Ausstellungseröffnung. Vier Personen mit Sektgläsern in der Hand standen erwartungsvoll auf dem Hof und bewunderten die neu gestaltete Remise.

In verschlungenen Großbuchstaben aus sonnengebleichten Treibholzästen prangte der Schriftzug GALERIE STELLA MARIS über den weit geöffneten Glasflügeltüren.

Die Gäste wandten die Köpfe zu ihnen um, als sie Yanes und Stellas Schritte auf dem Kies knirschen hörten. Anerkennend pfiff Opa Lollo durch die Zähne.

„Sieht gut aus, was?“, strahlte Stella, als sie bei ihnen ankamen.

„*Du* siehst gut aus", sagte Opa Lollo. „Fast so gut wie Frau Lotte." Und dabei drückte er die Hand von Lotte, die in einem ausgefallenen Hutmodell neben ihm stand, mit dem sie aussah wie eine Piratenbraut. Stella hatte eine enge Jeans an und ein matschfarbenes Flatterkleid darüber. Um den Hals trug sie ein Lederband mit einem silbernen Seestern daran. Es war ein Geschenk von Nils, der so fasziniert schien von ihrem Anblick, dass er kein Wort sagen konnte.

„Wow", sagte Paul an seiner Stelle. „Du siehst ja heute mal aus wie 'ne Frau."

„Meerjungfrau, wenn ich bitten darf", sagte Stella und wuschelte ihm durchs Haar. „Wenn ihr wollt, bekommt ihr jetzt eine exklusive Führung durch die Galerie, bevor die anderen Gäste kommen."

„Na, klar wollen wir", riefen Opa Lollo, Lotte, Nils, Paul und Yane im Chor.

Flop bellte und sauste als Erster über die Holzschwelle des roten Backsteinbaus, als würde drinnen ein dicker Knochen auf ihn warten.

Die ganze letzte Woche über hatte Stella ein großes Geheimnis um ihre Ausstellungsstücke gemacht und die Fenstertüren von innen mit mehreren Rollen dünner schwarzer Plastikfolie verdeckt, damit niemand einen Blick erhaschen konnte, bevor sie fertig war. Die Plastikfolie war jetzt weg, und den Eingang erhellten zwei Stehlampen mit rot leuchtenden Tütenschirmen, deren Fuß aus Bündeln von Ästen bestand. In die ehemalige Remise war neues Leben eingekehrt, denn inzwischen waren alle möglichen Merkwürdigkeiten aus Stellas Monstersammlung eingezogen.

Es gab da einen Büromenschen aus einem langen Stück Holz mit einer rostigen Autofelge als Kopf, vergammelten Turnschuhen mit offenen Schnürsenkeln an den Füßen und einer alten lederen Aktentasche unter dem Arm, der aus einer abgeknickten Metallschiene bestand. In einer Ecke saß ein Löwe mit einem Kopf aus einer runden Kabelrollenplatte, aus der rundherum grüne und schmutzig weiße Tampenreste hervorsahen. Sein Schwanz war ein Stück Seil mit einem dicken Knoten darin. Auf einem Podest aus Ytongsteinen stand ein Schiff, das aus einem hölzernen Fender, einem dreieckigen Stück Metall mit Bolzen darin und einer verrosteten Kette gebaut war. Am witzigsten fand Yane das Seepferdchen „Sursulapitschi“, dessen Körper der zerbeulte Auspuff bildete, den Stella vor ein paar Wochen aus der Elbe gezogen hatte. Die „Mähne“ des Seepferdchens bestand aus einem ausgefransten türkisgrünen Plastiktau, das wohl von irgendeinem Schiff stammte. Das ganze Gebilde war auf eine schwere viereckige Bodenplatte montiert, damit es nicht umfallen konnte.

Neben all ihren Monstern hatte Stella noch Möbel gebaut. Ein dreibeiniges Regal aus Treibholzästen mit Fischernetzen darin, Spiegel mit Rahmen, deren Holz

Stella aus der Elbe gefischt hatte, und eine Reihe von Hockern aus Schiffsschrott mit alten Fahrradsätteln als Sitz darauf. Von einem der Deckenbalken hingen an langen Metallketten mehrere Hängelampen aus Kükendraht mit vom Meerwasser abgeschliffenen Glasscherben als Anhänger, die sie am Strand in der Bretagne gesammelt hatte. Und an der Mauer, die die Werkstatt vom Ausstellungsraum trennte, prangte das „Seestück“ ohne Schiff, das Bild, das bis dahin den Salon der Sankt Pauli geziert hatte, und das Stella selbst gemalt hatte, wie Yane jetzt erfuhr.

„Ich mag am liebsten den Engel da“, sagte Lotte und zeigte auf ein Wesen mit einem dicken Holzkörper, das auf einem Bein aus einer verrosteten Spirale stand. Das andere Spiralbein hatte es in die Luft gestreckt. An seinem Rücken klemmten Flügel aus weißen Straußenfedern, die sich bei jedem Lufthauch bewegten, und auf dem Kopf trug es Haare aus Draht, die wie Antennen abstanden. Stella lächelte.

„Das ist mein Schutzengel“, sagte sie. „Er heißt Jacques und ist unverkäuflich.“

Paul legte den Kopf schief und betrachtete den Engel. „Sieht aber aus wie ein Mädchen, finde ich.“

„Dann eben Jacqueline“, kicherte Yane.

„Das kannst du doch nicht alles in dieser kurzen Zeit gebaut haben“, sagte Opa Lollo verblüfft, nachdem er sich ehrfürchtig umgesehen hatte.

„Stimmt“, sagte Stella. „Einen großen Teil der Sachen hatte ich in einer Bootshalle am Ortsrand eingelagert. Ich habe sie aus Frankreich mitgebracht. Dort habe ich mit meinen Objekten angefangen.“

„Gefällt mir“, sagte Lotte und zupfte den Engel am Flügel. „Gefällt mir sehr. Ich könnte auf der Stelle in dieses Kuriositätenkabinett einziehen.“

„Tut mir leid, Frau Lotte, das wird nicht gehen.“ Ernst blickte Opa Lollo sie an. „Sie würden zwar gut hier reinpassen, aber die Räumlichkeiten werden in Kürze wegen Überfüllung geschlossen.“

Yane und Stella hatten nämlich in der letzten Woche ihre Zimmer auf der Sankt Pauli geräumt und waren mit Sack und Pack zu Nils und Paul gezogen. Yane und Paul grinsten sich an, und nicht nur weil Opa Lollo die lustige Anrede von Frau Lotte beibehalten hatte, mit der sie ihn zu necken pflegten, seit er Lotte kennengelernt hatte.

„Sollte Ihnen jedoch eines Tages Ihre Wohnung in Glückstadt zu langweilig werden“, fuhr Opa Lollo fort, „so könnte ich Ihnen ab sofort eine wunderbare Suite auf meinem Luxusdampfer anbieten.“ Verlegen kratzte er sich am Ohr. „Alter Seebär inklusive.“

Yane bekam weiche Knie, als sie das hörte, und ließ sich auf einen von Stellas Fahrrad-Hockern sinken. Sie fühlte sich wie das kleine Mädchen aus dem Sterntaler-Märchen, in dessen Hemd die Sterne vom

Himmel regneten, als hätten sie sich nur irrtümlich dort oben aufgehalten. Behutsam tastete sie nach Lottes Hand. „Keine Angst, Lotte“, sagte sie leise. „Er wird dir auf der Sankt Pauli bestimmt nicht das Ohr abquatschen. Man kann sehr gut mit ihm schweigen.“

„Mumpitz!“ Opa Lollo drohte Yane mit dem Zeigefinger. „Ich rede jetzt wie ein Wasserfall. Mein halbes Leben habe ich Frau Lotte bestimmt schon erzählt.“

„Ein Viertel“, sagte Lotte und lächelte ihm zu. „Höchstens. Aber den Rest kriege ich ja vielleicht auch noch zu hören.“

Opa Lollo sah zufrieden aus. „Oder zu sehen“, sagte er. „Ich habe dir nämlich auch noch etwas für deine Galerie mitgebracht, Stella. Ein kleines Eröffnungsgeschenk sozusagen. Komm mal mit.“

Lotte spielte mit den schwarzen Ripsbändern ihres Piratenhuts. „Wir konnten es nicht tragen“, sagte sie. „Es ist ein bisschen schwer.“ Stella blickte Nils an und hüpfte auf und ab wie ein kleines Mädchen, kurz bevor es seine Weihnachtsgeschenke auspacken darf.

„Was ist es denn?“, fragte sie gespannt, als sie Opa Lollo, Lotte und Nils zu dessen lavendelfarbenem Lieferwagen folgte, den er auf dem Restaurantparkplatz abgestellt hatte. An dem Oldtimer hing wieder einmal Bauer Jensens Ruine auf vier Rädern. Und darin lag an einer schweren Gliederkette ein rostiger, ehemals schwarzer Anker von einem knappen Meter Länge. „Stella Maris“ war in seinen Schaft gestanzt.

Stella sagte nichts. „Ist das …? Ist das etwa …?“, stammelte sie schließlich fassungslos.

„Genau“, sagte Opa Lollo. „Das ist der alte Anker der Stella Maris. Den hatte *ich* in Chocolats Schuppen eingelagert. Als Andenken.“ Fast zärtlich fuhr er mit seinen knorrigen Fingern über die metallenen Buchstaben im Ankerschaft. „Und jetzt sollst du ihn haben“, ergänzte er, „denn wie es aussieht, bist du ja endlich angekommen.“

„Das will ich doch sehr hoffen“, sagte Nils und legte einen Arm um Stellas Taille.

„Ich auch“, sagte Yane und drehte sich zu Paul um. „Ist das eigentlich okay für dich, wenn du Nils jetzt mit mir teilen musst?“, fragte sie.

„Ich hab ihn doch die ganze Zeit schon mit dir geteilt“, sagte Paul. „Sag bloß, das hast du noch nicht mitgekriegt? Außerdem bekomm ich ja auch ein Stück von deiner Mutter ab.“ Er grinste. „Aber vorher schickst du sie noch mal zum Friseur, okay? Mit zweien von eurer Sorte kann ich mich in der Schule unmöglich sehen lassen.“

„Na, warte“, riefen Yane und Stella wie aus einem Mund und nahmen die Verfolgung auf, während Paul mit großen Sätzen davonsprang.

Seefahrerwortschatz

Achterdeck – das hintere Deck eines Schiffes
auf Grund laufen – sich mit dem Rumpf eines Schiffes im Untergrund eines Gewässers festfahren
ablaufendes/ auflaufendes Wasser – Bei ablaufendem Wasser fließt das Wasser eines Flusses Richtung Meer, bei auflaufendem fließt es landeinwärts
Backbord – auf einem Schiff in Fahrtrichtung gesehen links
Bug – das vordere Ende des Schiffes
Bullauge – rundes Fenster an Schiffen
Duckdalben – in den Hafengrund eingerammte Pfähle oder Pfahlgruppen zum Befestigen von Schiffen
Ebbe – Zurückweichen des Meerwassers (ablaufendes Wasser). Bei Ebbe hat es seinen Tiefststand erreicht
Fahrwasser – der Bereich eines Gewässers, in dem große Schiffe fahren dürfen. Auf Flüssen ist er auf einer Seite durch rote und auf der anderen durch grüne Tonnen markiert
Fender – Puffer aus Tauwerk, Kork, Holz oder Gummi, die zwischen Schiffswand und Anlegestelle gehängt werden, um Beschädigungen durch Stöße zu vermeiden
Flut – Steigen des Meerwassers (auflaufendes Wasser), bei Flut hat es seinen Höchststand erreicht
Gangway – Laufsteg zum Schiff

Havarie – Unfall oder Bruch eines Schiffes
Heck – das hintere Ende eines Schiffes
Jolle – leichtes Segelboot
kentern – Umkippen eines Bootes
Kiel – tiefster Punkt eines Schiffes
Klabautermann – im Aberglauben der Seeleute ein Schiffskobold, dessen Erscheinen dem Schiff den Untergang ankündigt
Knoten – Maßeinheit für die Geschwindigkeit eines Schiffs; 1 Knoten = 1 Seemeile (1,852 km) pro Stunde
Koje – eingebautes schmales Bett auf einem Schiff
Kurs halten – die Richtung beibehalten
Leck – beschädigte, undichte Stelle; Loch in einem Schiff
morsen – früher in der Seefahrt gebräuchliches System der Nachrichtenübermittlung, z. B. durch lange und kurze Blinkzeichen
Niedergang – vom Oberdeck eines Schiffes unter das Deck führende überdachte Treppe
Palstek – in der Seefahrt am häufigsten verwendeter Knoten. Er dient dem Knüpfen einer festen Schlaufe.
Pegel – Wasserstand
Reling – Schiffsgeländer
Schott – Trennwand in einem Schiff, die zwei Räume wasserdicht voneinander abschließt
Seegang – Bewegung der See, Wellengang
Seemeile – ein in der Schiff- und Luftfahrt gebräuchliches Längenmaß; 1 Seemeile = 1852 Meter
Steuerbord – auf einem Schiff in Fahrtrichtung gesehen rechts
Sturmflut – durch Sturm hervorgerufene, sehr hohe Flut

Tampen – Tau-Ende
Tidenwechsel – Wechsel von Ebbe und Flut nach jeweils ca. sechs Stunden und damit Änderung der Fließrichtung des Wassers
Tiefgang – Höhe eines Schiffes von der Wasseroberfläche bis zu seiner tiefsten Kante. Je schwerer ein Schiff beladen ist, umso tiefer liegt es im Wasser
Vordeck – Teil des Oberdecks vor der Kommandobrücke
Vorleine – Festmacherleine. Mit der Vorleine wird ein Boot oder Schiff vom Bug schräg nach vorn an Land oder Pfahl festgemacht
Yacht – Segelschiff für Sport- oder Vergnügungszwecke

Karin Baron wurde 1958 in Darmstadt geboren. Sie studierte Englisch, Französisch und ein bisschen Spanisch in Germersheim, Genf, London und Málaga und hat als Übersetzerin, Redakteurin und Texterin für verschiedene Firmen und Zeitschriften gearbeitet.

Seit über zwanzig Jahren lebt sie mit ihrem Mann und ihren beiden Töchtern in Hamburg, in der Nähe der Elbe. Wie Stella in *Hausbootsommer* liebt sie es, seltsame Sachen am Elbufer zu finden, sie nach Hause zu schleppen und dort – nicht immer zur Freude ihrer Familie – überall zu verteilen.

Als ihre Töchter klein waren, hat Karin Baron bei den langen Strandspaziergängen an Elbe, Nord- und Ostsee Geschichten erfunden, damit sie nicht quengelig wurden. Seit ein paar Jahren schreibt sie diese Geschichten auf, und mittlerweile sind schon mehrere Kinderbücher von ihr erschienen.

www.herder.de

Umschlagillustration: Claudia Weikert
Einbandgestaltung: Weiß-Freiburg GmbH, Graphik & Buchgestaltung
Vignetten: Claudia Weikert
Satz und Layout: Barbara Herrmann, Freiburg
Herstellung: fgb · freiburger graphische betriebe
www.fgb.de
Gedruckt auf umweltfreundlichem, chlorfrei gebleichtem Papier
Printed in Germany

ISBN: 978-3-451-70936-4